KB207135

포레스트 웨일 공동 작가

상상 속
피어 난 소원

김채림(수풀) | 젤라 | 꿈꾸는 쟁이 | 숨이톡 | 김원민 | 승하
송해성(아도니스송) | 한라노 | 호용 | 김준 | 커피씨 | 이지구
이상현 | 한민진 | 미소 | 박선영 | 여로 | 안세진 | 새벽(Dawn)
루다연 | 최이서 | 김유리 | 김소영(반애) | 명소민 | 현 | 연우
박주은 | 사랑의 빛 | 신디 | 하진용(글쟁) | 배우나(네모)
정은아 | 여운yeoun

FOREST
WHALE

차례

필명	상상	페이지
1. 김채림(수풀)	꿈 세계를 누비는 기차	09
1. 젤라	비운의 명작	10
1. 꿈꾸는 쟁이	상상 속의 나	13
2. 꿈꾸는 쟁이	180°	16
1. 숨이톡	향기 담은 소원	19
2. 숨이톡	상상 속에 피어오른 불안 벽 깨기	21
3. 숨이톡	빛 가운데 쏘아 올린 소원	23
1. 김원민	상상의 시	25
2. 김원민	상하(上下)	27
3. 김원민	상상(常常) 꽃	29
1. 승하	결국에는 모두 사랑이 되는 사람	31
1. 송해성(아도니스송)	나를 그리며	33

2. 송해성(아도니스송) 긍정 속에 피어나는 꽃   34

1. 한라노   한 줌 모독   35

1. 호용   살다가   38

1. 김준   상상을 해본 날이

                언제이던가?   40

1. 커피씨   내가 원시인이라면   48

1. 이지구   별의 홍수   52

1. 이상현   상상의 힘   54

1. 한민진   내가 원하는 상상   56

1. 미소   상상   57

1. 박선영   상상의 봄   58

2. 박선영   상상력   60

1. 여로   남기는 것, 남기지 않는 것   62

1. 안세진   어른이 되면 상상력을 잃어간다 76

1. 새벽(Dawn)　　　상상　　　　　　　　　　　83

2. 새벽(Dawn)　　　상상의 활용　　　　　　　85

1. 루다연　　　　　상상　　　　　　　　　　　97

1. 최이서　　　　　달콤해라　　　　　　　　　99

2. 최이서　　　　　사랑은　　　　　　　　　　101

1. 김유리　　　　　어른이 되어 꺾인 꿈　　　103

1. 김소영(반애)　　상상 속의 나　　　　　　　107

1. 명소민　　　　　내 일상, 콘텐츠 맛집!　　109

2. 명소민　　　　　지하철과 무릎냥이　　　　117

1. 현　　　　　　　상상보다 더　　　　　　　127

1. 연우　　　　　　산책로　　　　　　　　　　130

1. 박주은　　　　　온전하게 묶는 띠　　　　　132

1. 사랑의 빛　　　　마흔 해 묻힌 당신의 얼굴　134

2. 사랑의 빛　　　　언어의 상상　　　　　　　137

3. 사랑의 빛　　　　동상이몽　　　　　　　　139

필명	소원	페이지
2. 김채림(수풀)	기억해 주세요	143
3. 김채림(수풀)	능소화를 아십니까	144
3. 꿈꾸는 쟁이	나의 마지막 소원은 바뀌지 않았다	146
1. 신디	소원이 자라는 씨앗	149
2. 신디	소원이 바람에 실려	151
3. 신디	별에게 소원을 빌어	153
2. 승하	이별(離別)	154
3. 송해성(아도니스송)	사랑과 이별의 문턱에서	155
2. 한라노	모순의 대명사	156
1. 하진용(글쟁)	새벽달	158
2. 하진용(글쟁)	이름 없는 쉼터	159
3. 하진용(글쟁)	너를 지우는 방법	161

2. 이지구   아가미   163

2. 이상현   별을 담은 소원   165

3. 이상현   호수의 달그림자   167

2. 루다연   이사   169

1. 배우나(네모) 나의 소원은   172

2. 한민진   우리의 소원은?   181

2. 미소   소원   182

1. 정은아   1# 별이 보이는 마을 183

2. 정은아   2# 꿈   191

3. 정은아   #3 마지막, 그리고 사랑. 196

3. 박선영   작은 소원   198

2. 안세진   나의 소원은 주변에 선한

                              영향력을 끼치는 삶   200

1. 여운yeoun   노파의 단꿈   209

2. 여운yeoun   악몽이 끝날 때까지   211

3. 여운yeoun   여명   213

3. 최이서   이별 소원   216

2. 김유리   소원이 뭐예요?   218

2. 김소영(반애)   사계절의 소원   223

3. 명소민   절대 무너지지 말자   225

2. 현   유일한 하늘   241

2. 연우   측백나무   244

2. 박주은   나의 어여쁜 나무   246

3. 새벽(Dawn)   소원의 밤   259

상상

꿈 세계를 누비는 기차

깜깜한 하늘 위를 달리는
꿈 여행 기차
언제라도 약속 시간
정확한 이곳은
살아있는 것만 빛나는 게 아니다.
어쩌면 나와 맞닿은 손이
차갑지 않길…. 자유롭게 떠다니는 영혼들이
햇살 쪼이며
제자리를 찾아 앉아 있고
안내방송 따라
편안하게 모시겠습니다

비운의 명작

[비운의 명작]

허공을 향해 소리 질러봤어
그러면 왠지 네가 돌아올 거라
그런 미신 같은 행동도 해보고
별짓을 다 해봤는데 안 되더라

어젯밤엔 정말 이상한 꿈이었어
너와 내가 이 길을 같이 걷고
늘 하는 통화를 계속하면서
웃음이 끊이지 않는 그런 일상

내가 편집증에 걸린 것 같아

네가 없는데도 계속 보이고
네 목소리가 계속 들리면서
내가 행복한 그 상황에 놓여

네가 없는 하루를 살아가다가
속 안에 갇힌 벌레들이 갉아먹어
어디에도 데려다주지 못하고는
결국에 사라질 상상을 했었어

달에 소원을 빌면 이뤄진다는
달집태우기에 소원을 적으면
그게 이뤄진다고 하는 말들을
다 소용이 없는 것들이더라

촛불을 불기 전 소원을 빌면
그 진심이 이뤄진다고 말하는데
네 형체라도 가끔 꿈에 나오면
쉴 새 없는 눈물이 나오는데

아마 너에게 전해지지 않겠지
다 네 이야기인데 모르잖아
나만 놓으면 달라지는 것을
그 무엇보다 잘 안되는데도

그게 참 쉽지 않은 것 같아
왜 그렇게 지독하게 좋아해서
널 아직도 지우지를 못하는지
지르지도 못하는 새벽을 보내

나도 알아 네가 날 떠난걸
그 무엇보다 잘 알고 있어서
아무것도 하지 않고 있잖아
무슨 망부석이 된 것, 마냥

상상 속의 나

현실 속의 나에게는 있을 수 없는 일들을 요즘 들어 종종 상상해 본다.

현실 속에 나는 자유롭지 못한 몸이라 언제 어디서나 나를 바라보는 곱지 않은 시선과 원치 않는 주홍 글씨가 나를 따라다니지만, 상상 속의 나는 그 어떠한 시선도 받지 않는 자유로운 내가 될 수 있기에 나는 현실 속의 나보다 상상 속의 내가 더 좋다.

곱지 않은 시선과 나를 따라다니는 주홍 글씨 그런 걸 다 떠나서 언제 어디든 내 발길 닿는 대로 내 마음대로 갈 수 있고, 해보고 싶은 걸 할 수 있다는 상상만으로도 나는 좋다.

부모의 사랑도 여자로서 그 누군가에게 제대로 사랑을 받아본 적도 없지만, 상상 속에서는 좋아하는 누군가에게 당당하게 고백도 할 수 있을 것 같기도 하고, 상상 속의 나는 현실 속의 나와 완전히 다른 나일 테니 제대로 된 사랑을 받을 수 있지 않을까 하는 부질없는 상상도 해본다.

성공한 덕후가 되어 나의 최애와 함께 작업을 하며 그 속에서 내가 지금껏 살면서 단 한 번도 느껴보지 못한 행복을 만끽하는 상상, 현실 속의 나와 다르게 누군가가 아닌 오롯이 나를 위한 삶을 사는 상상, 드라마 속 주인공이 되어 사랑하는 사람과 자유롭게 데이트도 하고, 서로 마음껏 사랑하는 일이 모든 상상이 내가 원하고 바라는 것들이다.

나도 안다.
상상만으로는 그 무엇도 달라지지 않다는 것을….
나에게는 결코 있을 수 없는 일이라는 것도 잘 알지만, 다른 사람들에게는 평범한 것들이 나에게는 허락되지 않는 것들이기에 상상이라도 해보는 거다.

그럴 일은 없겠지만….
현실 속의 내가 아닌
내가 원하고 바라는
상상 속의 나로 단 하루만이라도 살 수 있으면 참
좋을 텐데….

2. 꿈꾸는 쟁이

180°

상상 속 나는 현실 속 나와
180° 다른 삶을 살아갑니다.

상상 속 내 모습 또한 현실 속의 나와
180° 다른 모습이기에 만족하며 살아갑니다.

상상 속 나의 부모님은 무관심하기만 했던 현실 속
부모님과는 다르게 아낌없는 사랑과 더불어 끊임
없는 응원과 지지를 해 주시는 부모님이라서 좋습
니다.

현실 속에서는 부모님의 극심한 반대와 나를 죽도
록 따라다니는 주홍 글씨 부족한 노력과 재능으로

끝내 이루지 못했던 꿈을 상상 속의 나는 180° 달라진 마음가짐과 꿈을 향한 열정 하나로 오랫동안 꿈꿨던 나의 꿈을 이룹니다.
그토록 간절히 원하고 바랐던 꿈을 이룬 상상 속의 나는 나를 더 사랑하게 됩니다.
(현실 속에서는 단 한 번도 나를 사랑한 적 없는 내가 말이죠….)

현실에서는 매일 같이 통증에 시달리며 아파하고, 사람들에게 상처받을까 봐 두려워하고,
자유롭지 못한 몸 때문에 매사에 짜증만 내고,
괜찮은 척 스마일 가면을 쓴 듯이 억지웃음만 짓던 내가 180° 달라진 상상 속에서는 제대로 된 사랑도 받아보고 내가 나를 사랑할 줄 아는 나라서 그런지 아니면 경제적으로도 심리적으로도 안정감이 있어서 그런지 몰라도 상상 속의 나는 현실 속의 나보다 훨씬 행복해합니다.

아니 현실의 나는 한 톨의 행복조차도 느끼지 못한
채 하루하루를 살아가고 있지만, 상상의 나는 행복
속에서 살아갈 수 있는 나라서….
어쩌면 상상 속에서처럼 현실 속의 나도 180° 다른
내가 되기를 원하고 바라고 있는 건지도 모르겠다.

향기 담은 소원

주고 싶은 마음이 받고 싶은 마음보다 크고
더 주고픈 마음에 찾는 마음이 더 크게 될 때
그 마음 뒤에서 웃고 있는 내가 되길 바라봅니다.

아픈 슬픔도 들뜸도 없이 그저 보통인 기분으로
닫아두던 마음을 활짝 아닌 살짝만 열어두어서
마음껏 드나들 수 있는 그런 날 오길 바라봅니다.

나름 있는 이유가 거짓 아닌 진실로 쌓여만 가고
거센 바람 불어도 끄떡없는 끝으로 영원히 되어
가장 낮은 곳에서 포장 없는 시작되길 바라봅니다.

날마다 낡은 해지고 새로 뜬 맑은 해 비춘 바다가

세상의 온갖 소문들로 오염되지 않는 매일이 되길
마음속 가장 향기로운 자리에서 소원을 말해봅니다.

상상 속에 피어오른 불안 벽 깨기

남들에게 없는 벽이 내겐 있을 때가 있어요⋯.

아무렇지 않게 하는 모든 것들이

나에겐 거대한 벽처럼 다가오는 느낌 들 때 있고

요⋯.

어렵게 용기 내서 만지려 하면 만져지지 않는 벽이

움직이는 데로 살아있는 벽으로 나를 따라오기도

해요⋯.

그 벽이 나만 있는 걸까요?

왜 나만 따라다니는지 자꾸만 모든 걸 멈추게 해요⋯.

그렇게 나의 행복이 날아가고 멀어지는 상상이 계

속된다면

시간이란 녀석이 내 삶을 야금야금 먹을 수도 있

어요⋯.

그러니 불안에 잡아먹힐 것 같으면….
희미해진 희망 찾아 희석해 주고요….
상상 속 두려움도 불러 모으지도 말고요….
들춰낸 절망과는 거리 두기로 이야기도 하지 마세요….
걱정하고 투덜대던 모든 일들이 눈 녹듯 나에게서
사라진다면
그곳에서 멈추려던 행복이 어느덧 가까이서 손 흔
들겠죠….

알고 보면 날 따라다니는 벽의 크기가
항상 그렇게 크지 않아요….

빛 가운데 쏘아 올린 소원

지금까지 아무 꿈도 없었다면
이젠 어떤 꿈도 꿀 수 있는 거잖아….
스스로에게 설득당해 그냥 흘러가게 둔 후회들을
내 멋대로 끝내지 않고 다시 시작하길 소망한다면….
동점으로 끝난 경기여도 역전할 수 있는 기회가 주
어질 거야.
죽은 나무에선 다른 꽃이 피어나고….
버려진 폐품에도 기적이 일어나고….
차가운 아스팔트를 뚫고 아름다운 꽃도 피어나는
것처럼….
포기하지 않는 소원이라면
저물어 가는 태양 아래
소원 하나쯤 품은 사람들끼리

사진 속에 꾹꾹 담은 간절한 소원 모두를….
이리저리 사진 찍힌 태양도 알아주고픈….
빛 되지 않을까 생각을 해봐….

너도 나와 같다면 같이 소원 빌래?
특별힌 사람에게만 주이지는 기적이 이니니끼….

상상의 시

나는 오늘도 상상한다.
상상이 뭉게뭉게 피어올라
하늘로 치솟는다.
그것은 구름이 된다.

비가 되어 내린다.
그것을 맞는다.
그것에 홀딱 젖는다.
젖은 채로 밤의 거리를 거닌다.

상상의 비가 쏟아져 내리는
도시에는 왠지
상상이 피어오를 듯하다.

나는 오늘도 상상이 피어오르는 상상을 한다.

그것이 구름이 되고,
비가 되어 내리는 상상,
그것을 내가 맞는 상상,
홀딱 젖은 채 밤의 거리를
거니는 상상.

비가 그치면,
이 시도 끝나리.

상하(上下)

상상(上上)은
고공 행진의 첫걸음이다.
일 보 후퇴하는 자들은
그저 "하하" 웃을 뿐이다.

하하(下下)는
이 보 전진을 위해
일 보 후퇴하는 자들의
가여운 웃음소리다.
나는 그저 상상할 뿐이다.

상상하며
"하하" 웃기도 한다.

"아아" 슬프기도 하다.

상상을 하면,
"하하" 웃음이 나와서
정상에 오를 수가 없다.

그렇기에 나는 그저
정상에 오르는 상상을
상상할 뿐이다.

상상(常常) 꽃

소원을 비는 상상을 했다.
무한히 상상할 수 있는
드넓은 머릿속을 갖는 것.

상상(常常) 꽃이 피어오르면,
언제나 늘 상상할 수 있게 된다.
그렇기에 상상(常常) 꽃이 피어오르는
소원을 비는 상상을 했다.

모든 걸 이룰 수 있고,
모든 걸 가질 수 있다.
누군가 이를 수도 있고,
모든 게 망가질 수도 있다.

상상할 수 없는 이곳은
오직 상상함으로써
올 수 있는 곳이다.

소원도 빌 수 없는 이곳은
오직 상상만 하며
살아가야 하는 곳이다.

그렇기에 나는
상상(想像)의 주인이 되기 위해
드넓은 머릿속을 갖는 상상을 한다.

결국에는 모두 사랑이 되는 사람

어떻게 해도 잊히지 않는 사람이 있다. 아무리 애를 써도 잊히지 않아 결국에는 함께 살아가는 것을 택한다. 어느 날엔 바람으로 어느 날엔 특정 향기가 되어 또 어느 날은 계절이 되어 늘 내 곁을 맴돌며 나를 떠나지 않는 사람 결국에는 모든 게 다 사랑이 되는 그런 사람, 많이 원망하고 미워도 해보지만 그 마음조차 사랑에서 피어나는 마음이라 모든 결론은 "보고 싶다" "그립다" "사랑한다"에 도달한다.

그러면서 하는 다시 만나는 상상 그때는 무슨 말을 해야 하는지 어색하게 건네는 잘 지냈냐는 말보다 다짜고짜 많이 보고 싶었다는 말을 먼저 할 것 같

은데 그동안 너무 보고 싶었고 한순간도 네가 사랑
이 아니었던 적이 없었다고 숨 쉴 때마다 네 생각
을 했고 내 모든 공기가 그냥 너였다고 내가 이 세
상에서 유일하게 지우지 못하고 버리지 못하는 게
너라고 그러니까 조금만 오래 곁에 남아줄 수 없겠
냐고 그렇게 말할 것 같은데, 그렇게 말하고 싶은
데 드라마나 영화 속에 나오는 재회 장면은 현실에
서는 존재하지 않는다.

결국, 결국 또 혼자 하는 상상에서 끝나버린다.

나를 그리며

한 치 앞의 절망 속에서도
늘 웃음을 잃지 않았다.
기약 없을 내일에는 더 이상,
아픔이 없길 확신하는 나였기에!

지금, 이 순간을 즐기다 보면
어느 순간 통증이 사라지듯
우리들의 그 아픔도,
어느새 새살이 꽉 차 있게 마련이다

한 가지 기억해야 할 게 있다
나아가는 마음,
훌훌 털어 버려야 하는 의지,
그리고 나의 군건한 믿음!

긍정 속에 피어나는 꽃

긍정의 언어를 먹고 피어나는 꽃은
금방 시들지 않으며,
자태가 죽어서 까지, 가지가 곧습니다!

우리들의 인생사도 마찬가지입니다
부정적 언어를 많이 마시다 보면,
피부며 몸이며 모든 게 해롭습니다

조금 더 나은 삶을 위해!
우리들은, 저 갈대 속의 야생화처럼,
보다! 긍정적이게 내다봐야 할 삶입니다

한 줌 모독

아, 신이시여
어째서 저를 인간으로
태어나게 하셨습니까?

곱게 빚어진 신님 앞
납작 엎드려 외치는 말
나는 신을 모독한다
감히
그가 방관했기에
사람을 멋대로 가지고 노는
놀음했기에

내가 신이었다면
동그란 지구를 내려다볼 수 있는
저 푸른 밤하늘이었다면
선혈 낭자한 이 밤
부스러지는 낙엽 하나도
기꺼이 불쌍히 여겼을 텐데

내가 신이었다면
온 우주 통틀어 유일무이한
그였다면
기꺼이 달을 데려와
원망과 미움에 더럽혀진
이 마음
차갑게 식혀주었을 텐데

아아, 신님
당신은 왜 홀로
이 우주를 감싸쥘 수 있는

상상 속 피어 난 소원

그 황홀을 차지하고 계십니까
내게 그 능력 하나
내려준다면
기꺼이

살다가

고요한 밤
어둠이 그림자를 삼키고
불안이 마음속에 뿌리내릴 때

서늘한 바람
동요하는 설움을 감싸며
들이쉬는 숨마저 버겁게 할 때

무리하게 맞서지 말고
두 눈을 감아보세요

닫힌 눈 속에서
현실의 무게가 닿지 않는
안식의 공간이 피어날 때까지

따스한 빛이
고요하게 마음을 안아 줄 때까지

상상을 해본 날이 언제이던가?

우리는 태어나면 울음소리와 함께 세상에 처음 나왔다는 신호이다.

그렇지만 나라고 하는 존재가 처음으로 나오는 건 바로 태어날 때의 울음소리가 아닐까?

그리고 조금씩 성장을 통하여 키도 커지고 몸무게도 늘 또 더 나게 되어 있다. 몸이 성장을 하면서 처음에는 눈으로 보는 시각 정보를 통해서 그 물건이 어떤 것이고, 사용하는 방법은 어떻게 되는지는 잘 모른다.

그리고 조금의 시간이 지나면서 그 아이는 말을 조

금씩 하기 시작하면서 말이라고 하는 소리를 바탕으로 먼저 그 단어의 뜻은 모르지만, 서서히 소리를 통해 말을 한 단어 한 단어 말하는 과정을 거쳐서 초등학교 입학 하기 전까지 말도 할 줄 알고 어느 정도 글도 쓸 줄 알게 된다.

하지만 지금 아이들에 비해 한글을 다 읽을 줄 아는 아이가 지금의 아이들보다 적었다.

왜냐면 옛날에는 시골 같으면 한참 농사가 바쁜 시기이기도 하여 우리 할머니 할아버지 세대 혹은 저희 바로 위인 아버지 어머니들은 학교에 들어가서야 한글을 알거나 혹은 나라가 발전하기 전끼지 한글도 배우지 못하고 결혼을 하고 아이를 낳아서 아이들 학업 뒷바라지로 하느라고 한글을 쓰거나 읽지를 못했으니 아마 할아버지 할머니 세대에서는 창의적으로 생각을 해보거나 아니면 어떤 나의 생각대로 상상을 해보는 게 가능 했을까?

무엇인지는 모르지만, 상상이라는 걸 해보지는 못했을 것이다. 우선 당장 전쟁이 끝이 나면서 살기 위해 피난을 했었기 때문에 어떤 살아가기 위한 계획이라는 것 없이 그저 몸만 빠져나와 전쟁이 끝나기를 기다리면서 닥치는 대로 일을 했을 것이다.

그렇게 이젠 전쟁이 끝났으니 어떻게 정착하고 어떤 생활을 해야 할지도 이제 눈앞에 놓인 숙제였다.

이때는 그냥 생각하고 일을 하기보단 아무거나 일손이 필요하다고 하면 아무 곳이지만 가서 일을 해주고 하루 일당이나 혹은 먹을 것을 하루 수고비로 받아서 집으로 와서 아이들과 나누어 먹으며 오늘도 배를 그렇게 채우고 아이들 먹는 모습을 바라보며 그래도 하루를 잘 보냈다는 생각이 들었을 거 같다.

그래도 이때는 음식도 충분 하지 않았을 것이다.
그냥 하루 먹으면 좋은 하루 보내는 게 아니었을까?

그래서 이때는 누구나 꿈도 어떠한 상상도 하지 못
했을 것이다.

내가 어른이 된다면 무엇을 할까? 혹은 내가 하고
싶은 건 무엇일까?

이런 질문은 그 시대에는 사치였을 것이다.

그래도 다행인 건 이분들이 이젠 노인이 되어서 각
지역에 평생학습관들이 있어서 꿈과 상상을 꾸지
는 않겠지만 그래도 이런 노인층이 되셔서 모르는
걸 알려 주시기도 하시고 글을 쓰는데도 많이 도움
이 되고 무언가를, 도전하고 계시는 어르신들이 많
아지고 있어서 배울 게 많은 분들 같다.

이제 이 꿈에 관한 얘기를 현재의 20대~30대의 입장에서의 꿈이 있는지 아니면 그 꿈을 꾸고 있는지 앞선 세대의 청년 때 보다 꿈을 꾸고 키우면서 살고 있는가?

그랬으면 좋겠지만 현실은 그렇지가 않다는 게 젊은 청년들의 앞에 놓여 있는 현실이고 숙제이다.
내가 읽었던 다른 책을 보면 우선 대기업 공개채용이 없어지고 수시 채용 혹은 인턴사원 모집 쪽으로 채용 시장 형태가 변하면서 대기업 정규직보다는 외주 고용 혹은 사내 하청 비정규직 어떠한 기업도 직접 공용하지 않고 채용 대행 회사나 혹은 자회사를 이용하여 채용하고 일에 대한 업무 지시는 하지만 그에 대한 문제가 생기면 책임은 지지 않는 형태가 고착화되면서 그냥 이 청년들은 회사는 그냥 잠시 내가 돈을 벌기 위한 수단 정도로 생각하게 했는지도 모른다.

그러다 보니 일에 대한 책임감이라는 게 생길 리가
없다.

그리고 평생직장이라는 개념은 없어진 지 오래고
평생 직업이 아니라 어느새인가 N잡러 라는 말이
나오게 되면서, 회사에 근무하면서 나오는 월급으
로는 본인이나 아내와 아이들을 키울 여력이 없다.

물가는 몇 배가 오르지만, 회사 월급은 제자리거나
올라갔다고 해도 몇 퍼센트 되지 않는다.

회사는 이익을 창출하면서 여러가지 정책을 시행
하고 회사가 어렵거나 하는 상황이 오면 회사 자산
이나 회사 오너의 개인 재산이 있으면, 다양한 방
안아으로 자금을 마련해야 하는 게 마땅한데 자기
사재는 얼마 만들지는 않고 정부에 손을 벌리거나
아니면 기업 회생 제도 같은 걸 신청하면서 구조조
정이라는 명분하에 해고하기 가장 쉬운 사람부터

회사 밖으로 내몰아 버리기 때문에 이런 현실이 아무래도 꿈을 꾸기 힘든 상태를 만들지 않나 생각해 본다.

그렇다고 이 꿈을 꾸지 않으면 창의적인 생각도 나오지도 않고 창의성을 바탕으로 다른 나라의 제품보다 더 우위에 있는 제 룸을 더 이상 생산하지 못할 수도 있지 않은가?

이 꿈이라는 주제를 가지고 긍정적인 내용을 만들려고 생각했지만 일단 현재의 현실을 이 책에 적어보고 우린 지금 어떠한 시대에 살고 있고 우리 할아버지 할머니 어머니 아버지 세대와 지금 청년 세대가 어떠한 고민과 그리고 현실적으로 어떤 문제가 있는지를 최대한으로 우선 적어 보는 게 어떨지 하는 생각이었다.
희망적인 내용을 담아야 하지만 그렇지 못한 내용이어서 이 내용을 보시는 분들께 암울한 내용만 전

달해 드리는 거 같아 마음이 무겁습니다.
하지만 다음번에는 조금은 밝은 내용을 적어 보지
않을까요?

그리고, 오늘도 열심히 일하고 공부하는 모든 분
힘들고 하는 세상이지만 그래도 하늘 한번 쳐다보
고 힘차게 살아 봅시다.

내가 원시인이라면

'소원이 있다면, 원시인으로 태어나고 싶어.' 이런 생각을 친구들에게 자주 전하는 것 같다. 강아지도, 고양이도 아닌 원시인으로 태어나고 싶은 이유는 두 가지다. 첫 번째는 다시 태어나도 인간으로 태어나고 싶은 것이고, 두 번째는 그들이 우리 현대인보다 훨씬 행복했을 것이기 때문이다. 한 학자는 현대 인류가 원시인들의 행복감이지만 풍요로움, 생활의 만족감에 대해서 어떤 논리를 펼치는 것은 '전 논리적'이라며 그들의 삶을 독립적으로 생각해야 한다고 주장했다고 한다.

멋진 이야기인걸? 상상을 해보자. 원시인들은 하루 24시간이라는 개념이 없어 그저 낮과 밤만을 인지하고 살았을 것이다. 우리 현대인들이 분석한 바로는 그들은 하루에 겨우 2시간에서 3시간 정도의 노동만을 하고, 남은 시간 동안 놀이를 하며 놀거나 낮잠을 자면서 지냈다고 한다. 절대적인 근무 시간만으로 주 40시간을 근무하는 사무직을 아득하게 비웃는다. 고민도 없다. 원시인들은 10년 뒤의 계획이나 진로에 대한 고민을 복잡하게 하는 법이 없었다. 오히려 '어떻게 하면 더 효과적으로 사냥을 할 수 있을까?' 같은 고민이나 '어디에 더 맛이 좋은 과일이 열려있을까?' 같은 고민만을 하며 하루하루 사는 고민만이 그들의 머릿속에 있었을 것이다. 가장 중요한 것은 행복감의 차이였다. 원시인들에게 큰 행복은 아마도 정말 잡기가 까다로운 사냥감을 잡아 부족이 풍족하게 먹을 수 있는 식량을 구했을 때였을 것이다. 우리로 치면 아마 정말 좋아하는 야구팀이 최종 우승을 거머쥐는 순간 정도? 이런 상상을 해보면 원시인이 부럽지 않을 수가 없는 것 같다. 우리는 어떻게 하면 돈을 벌어서 집을 사고, 차를 사고 결혼을 해서 아이를 낳고 잘 기를지에 대해 수천, 수만 가지 고민을 달고 살지 않나?
그런데, 어쩌면 여기에 바로 우리가 평소에 스트레
스를 받지 않고 사는 방법이 있을 수도 있다. 그것
은 바로 상상의 범위를 좀 줄여보는 것이다. 10년
혹은 20년 뒤의 계획을 하나하나 자세하게 짜면서
지낼 필요는 없다. 그런 거룩한 고민은 하루, 이틀
정도로만 하고 평소에는 마치 효과적인 사냥법을
고민하는 원시인처럼 내가 오늘 할 일을 어떻게 하
면 해내 볼 수 있을까만 고민하면 된다. 그러면 조
금씩 현재를 충실하게 살 수 있게 되며, 전에는 보
이지 않던 행복감이 느껴질 수도 있을 것이다.
점점 사람들이 많이 지쳐있고, 불안하며 고민에
밤을 자주 지새우는 것 같다. 인스타그램으로 글
을 쓰며 다른 사람들의 작업물을 볼 때, 예전보
다 더 다른 사람들을 위로해 주는 글이 많아지는
걸 보면서 든 생각이었다. 어릴 적부터 참 좋아하
는 스펜서 존슨의 책 '선물'에서는 현재라는 뜻의
영어단어 'present'가 선물이라는 뜻의 영어단어

'present'와 철자가 같음을 지적하며 지금에 집중하는 삶이 행복의 지름길임을 시사한다. 우리도 힘이 들 땐 자신이 원시인이라고 상상하며 하루를 그저 행복하게 보내는 것에 시선을 두는 건 어떨까?

별의 홍수

서로에게 등을 내보인 채
누가 먼저 도망칠 것인지 생각하고 있었어

나는 울면서 그은 밑줄처럼
엉망으로 번지고 있고
너는 넘어져도 괜찮다는 말보다
절대로 무너져서는 안 된다는 말을 좋아하는 사람

울고 있지 않지만, 눈물이 보이니까
우리는 위로를 멈출 수가 없잖아.
멸망은 너무 무거워서 흐르지 않거든.

우주의 이름을 알 때까지 우주인은 행복하지 못하
겠지만
나는 영원히 너의 여름이야.

우주를 상상하는 걸 멈추지 마

상상의 힘

'상상력은 힘과 창조성의 원천이다'라고
윌리엄 아더 워드가 말했다.

우리는 상상력으로 인해서 미래에 대한
표현과 창의성, 가능성 같은 것들을 키울 수 있지만
그게 현실이 될 수 있을 거라고
강하게 확신하지는 못한다.
마음속으로 상상하여도
결국 상상으로 그치는 경우가 많고
그 후로 실행을 하지 않는 상황이
훨씬 많을테니까.

상상을 현실로 바꾸기 위해서
작은 것부터 조금씩 바꿔나간다면
생각만 하던 그림이
현실로 이루어질 수도 있을 것이다.

내가 원하는 상상

내가 원하는 데로
흘러가면 얼마나 좋을까

돈이 많은 상상
건강이 좋은 상상

여러 가지의 상상이 있지만
이 또한 스스로 되지 않아서
상상이라고 하지

상상

상상하는 행위는
머릿속이라는 캔버스에서

스케치를 하기도 하고
채색을 하기도 하면서

가상의 세상을 완성해 나가는 행위다

상상이 그토록 매력적인 것은

이를 실현하게 할 수 있는 힘 또한

상상한 자에게 있다는 것이다

상상의 봄

모두가 잠든 밤,
머릿속에 봄이 찾아왔습니다.

당신과 우연히 마주친 시선과
무심코 스친 손길,
무의식이 품고 있던
작은 씨앗들이
어디선가 새어 들어오는 달빛에
피어나기 시작했습니다.

새벽 향기 나는 그 꽃잎들이
현실로 뻗어 나가기 위해
눈동자라는 통로를 향해
절실하게 휘날립니다.

나는 어여쁜 상상들이
찬바람에 맞닿으면
서글프게 시들어 버릴까
눈물이 고일 만큼
눈을 더욱 질끈 감아봅니다.

상상력

나의 상상력을
그리움을 위해
모조리 불태워 봅니다.

당신과 함께했던 날들,
다시 없을 순간들을,
아낌없이 떠올리느라
기억력은 이미 재가 되었으니

당신과 함께 할 수 있던 날들,
끝나지 않았을 순간들을,
아낌없이 그리는 데에
상상력을 다 쓸 겁니다.

다만 손아귀에서
소멸되어가는 상상력을 보며
당신을 그리워할 방법이
더 이상 없다는 사실과 마주했을 때
저는 어찌해야 할지…

남기는 것, 남기지 않는 것

그 애의 방에서는 늘 숲 내음이 났다. 작은 화분들
이 창가에 가지런히 정렬해 있고, 빛바랜 책 사이
에서는 가끔 바싹 마른 나뭇잎이 나오곤 했다. 작
은 단칸방. 아이 한 명이 몸을 누이면 발 디딜 곳이
없을 만큼 좁은 공간이었지만 아이의 손길이 닿은
곳은 늘 널따란 숲이 되어 빛살을 내렸다.

오후 두 시가 되면 그 애는 학교 수업을 마치고 집
으로 돌아온다. 물론 한달음에 집으로 오는 날은
극히 드물었다. 그런 날은 눈이 펑펑 쏟아붓거나,
어른들 말로 한파 경보가 내렸다든가 하는 날뿐이
다. 그럼 나는 보통 커다란 마트나 문구점을 구경
하는 애를 가만히 지켜보다가 함께 집으로 돌아와
주곤 했다. 하루는 운동장에 모여 노는 아이들을

보고 저기 어울려 놀고 싶지는 않으냐고 물으니까 그건 옷이 지저분해져서 싫단다.

고개를 가로젓는 아이의 연한 빛깔 머리카락이 잘게 흔들렸다. 나는 그렇구나, 하고 맞장구를 쳐 주며 작은 보폭에 맞추어 속도를 줄였다. 그 애는 거짓말을 할 때면 눈꼬리가 새초롬하게 가늘어진다. 미련이 새어나가지 않게 붙잡아 두기라도 할 작정인 것처럼 주먹을 꾹 말아 쥐고서. 잘 꾸며낸 의연함이 혹여 무너질까 싶어 시선은 꾸역꾸역 하늘을 향했다.

언젠가 한 번, 아이가 답지 않게 해가 질 때까지 뛰어놀고 들어온 날을 기억한다. 해가 누엿누엿 넘어가고, 가로등에 불이 하나둘 들어올 무렵이었다. 말 없이 집으로 돌아온 그 애의 차림새는 가히 엉망이었다. 옷은 온통 흙투성이에다가 무릎에는 무슨 짓을 한 건지 피가 질질 흘렀다.

"축구하다 넘어졌어."

얼굴에 자잘한 생채기를 남긴 채 금방이라도 눈물

을 뚝뚝 떨굴 것처럼 볼을 붉힌 아이는 기어코 울지 않은 채 신발을 벗었다.

나는 말없이 물을 받아 아이의 상처를 씻어냈다. 어쩌다 이랬어. 많이 아팠겠네. 교과서라도 읽는 것처럼 투박한 어조였지만 그것만으로도 내심 충분했는지, 아이는 이내 괜찮다며 씩씩하게 이를 보였다. 그렇지만 옷은 진흙탕에서 대차게 구르기라도 한 모양새여서 다시 입기는 어려울 듯싶었다. 너덜너덜해진 무릎을 연신 쳐다보던 아이는 못 쓰게 된 옷이 한참이지만 끌어안고 있더니, 결국 미련이 뚝뚝 묻어나는 얼굴로 잠에 들었다.

그 이후로 아이가 바깥을 뛰어노는 일은 없었다. 햇살 좋은 날엔 집 밖으로 떠밀어 보기도 했지만 내내 적당한 공원 벤치 같은 곳에 앉아 있다가 돌아오는 눈치여서 몇 주 만에 그만두었다. 대신 이제는 아이가 침대 밑에 아껴 둔 스케치북을 꺼내준다.

책가방을 다 내려놓기도 전에 아이는 급한 걸음으로 종종거리며 다가가 통 안에 모셔 둔 크레파스들을 죄 뒤집어 꺼낸다. 굳은살이 밴 하얀 손이 달릴 때마다 스케치북 안에는 커다란 숲이 생겨나고, 너른 바다가 제 품을 펼쳤다. 해안가에 저까지 야무지게 그려 넣은 아이는 뭐가 그리 좋은지 볼이 폭 패이게 웃었다. 소매 끝에 얼룩덜룩하게 크레파스 자국을 남긴 채로도 마냥 즐거운 표정이었다.

오늘은 바다로 갈 거예요. 바닷속에는 파란색 숲도 있고, 등불을 든 물고기도 있고, 옛날에, 물에 잠긴 이름 없는 성도 있대요. 달리지 않아도 멀리까지 갈 수 있고, 발밑에 땅이 안 닿아도 높은 곳까지 올라갈 수 있을 거래요. 조잘거리며 말을 쏟아내기 시작한 아이는 곧 자신이 만들어낸 세계에 푹 빠져 발을 동당 거렸다.

웃는 얼굴을 보면 가슴속에서 퍼지는 묘한 충족감이 있었다. 그것이 만족감이었는지, 이름 붙이기 어려운 경쾌와 즐거움이었을지 나는 감히 정의할 수 없었으나 굳이 따지자면 긍정 쪽에 가까운 감정이었음은 틀림없었다. 그 애의 상상 속에서 나는 가끔 항해사가 되었고, 가끔은 마법사가 되었다. 나는 언제나 주인공의 조력자라는 포지션에 걸맞게 아이가 모험 중 위기에 맞닥뜨리면 적절한 조언가가 되어 주거나 괜찮은 도구를 제공해 주는 역할을 맡았을 뿐이지만, 그뿐이어도 좋았다.

상상 속에서 한참 헤엄치던 아이는 이야기가 시들해질 때마다 해가 들지 않는 바깥을 하염없이 바라보았다. 저 앞에 무슨 아파트 단지 따위를 짓는다더니, 공사가 진척이 되자 실낱같던 햇살마저 들지 않게 된 지 오래인 창이었다. 창살이 달린 조그마한 창문을 넘어다보고 또 올려다보던 아이는 불 꺼진 단칸방에 구석에 한껏 몸을 구기고 누웠다. 작달막하게 말려 있는 몸 곁에는 딱 성인 한 명 정도가 더 누울 법한 공간이 나 있다.

저 틈의 주인은 오늘도 돌아오지 않을 것이다. 언제나 해 뜰 무렵에 잠시 들렀다가, 머리카락을 매만져 주는 손길만 남기고 떠나곤 했으니까. 오늘도 그럴 터였다. 아이는 제 팔에 얼굴을 파묻고 숨을 죽였다. 이따금 골목 너머로 사람이 지나다니는 발소리. 밤늦도록 거리를 배회하는 누군가의 성난 것 같은, 조금은 서글픈 것도 같은 목소리. 온 세상이 잠들어갈 시간을 뜬눈으로 지새우는 이들이 왜 이렇게 많은지. 이 밤은 오늘도 왜 이렇게 와자지껄한지. 귀를 막아 봐도 끊임없이 고막을 울려 대는 소리가 지겨웠다.

아이의 눈동자에 희끄무레한 달빛이 스며들었다. 저 작은 머리통으로 무엇을 그리 골똘히 생각하고 있는지 묻고 싶었다. 연한 갈색 눈동자 너머에 비치고 있는 게 뭐였을까. 나는 반은 알았고 반은 몰랐다.

"안 자?"

"나랑 바다 보러 가요."

나의 작은 물음이 몽상에 파문이라도 일으킨 듯, 그 애는 대뜸 엉뚱한 대답을 내놓았다.

"파도가 밀려오면 소리를 지르면서 도망가요. 수심 200m 아래로 내려가면 해저를 볼 수 있대요. 그보

다 더 깊은 곳까지 내려가면 아무것도 안 보이는
캄캄한 바다를 떠돌게 되는데, 그게 꼭 우주 같을
거랬어요."

얇은 이불을 두른 아이가 가물가물 흐려지는 눈으
로 웅얼거렸다. 나는 가만히 아이의 머리를 쓰다듬
어 주며 나직하게 대답했다.

"바닷속에도 숲이 있다는 거 알아?"

"거짓말, 나무한테 바닷물 주면 안 되잖아요."

"괜찮은 애들도 있어."

그곳에선 온갖 소리가 들려. 물거품이 부드럽게 네
뺨을 어루만지는 소리, 소라의 숨소리. 운이 좋다면
고래의 긴 울음소리를 듣게 될지도 모르지. 저 바
다를 다 둘러보려면 어린 네 생을 모두 바쳐도 모
자랄 거야. 그렇게 말해 주자, 아이가 작게 웃었다.

"바다를 다 보고 나면, 우주여행도 해요. 책에서 그
랬는데…, 바다랑 우주가 많이 닮았대요."

"어떤 점이?"

"엄청 깊고, 넓고…, 아무것도 안 보이는 게. 그래서 어떤 모험을 만날지 모른다는 게?"

내가 길을 잃어도 잃은 줄도 모를 것이다. 바닷속에서는 있는 힘껏 소리쳐도 내가 가라앉고 있는 줄모를 거고, 우주에서는 내가 아무리 노래한들 들려주고픈 이에게 가닿지 않을 거다. 그 말은 속으로만 삼켰다. 그거 멋지겠네. 그렇게 대답했더니 작은눈꼬리가 호를 그리며 예쁘게 휘어진다. 티 없는맑은 웃음이 반가워 조금 더 보고 싶었는데, 내 속따윈 알 리가 없는 아이가 머리끝까지 이불을 당겨 덮었다. 이불이 달랑 들려 올라가자 하얀 발이빼꼼히 드러난다. 나는 아이의 발목을 손으로 덮어주며 도닥도닥 자장가를 불렀다. 소란스러운 밤이었다.

단칸방의 밤은 간헐적으로 찾아왔다. 새들마저 숨을 죽인 날이었다. 조금은 원망스레 하늘을 올려다보자 검은 하늘을 빈틈없이 메운 먹구름이 눈에 들어왔다. 나는 방 한 켠에 몸을 구기고 누운 작은 아

이를 바라보았다. 비가 올 때면 밤늦도록 잠들지 못
하고 조잘조잘 떠들던 아이가 오늘따라 조용했다.

아빠.

아빠, 바다 보러 가면 안 돼?

잠결인 듯 아닌 듯, 꾹꾹 눌러 담은 목소리가 귀를
간질인다. 이불은 여전히 얼굴을 덮은 채였다. 대
답을 해 줄 것처럼 움찔거리던 입꼬리는 이내 굳게
다물리고 만다. 묵직한 발소리는 잠시 머뭇거리다
곧 되돌아 나갔다. 달칵, 문이 닫히는 소리가 새벽
을 가르고 귓가를 울렸다. 그는 끝까지 대답이 없
었으며, 아이는 의연한 척 끝내 눈을 뜨지 않았다.
그게 어른인 것만 같아서. 이렇게 하지 않으면 사
랑받을 수 없을까 봐. 그리고 어렵게 겨우 꺼낸 한
마디가 이거였다.

"학교 안 갈래."

답지 않은 투정이었다. 현관 앞에 가방을 챙겨 둔
나는 눈을 깜빡거리며 아이와 시선을 맞추었다. 단
단한 눈빛 하며 꾹 깨문 입술이 오늘만은 무슨 일

이 있어도 제 고집을 꺾지 않겠다는 의사 표현 같
았다. 그래서 순순히 고개를 끄덕여 주었다.

툭툭 빗방울 떨어지는 소리가 났다. 나뭇잎을 간질
이듯 간헐적으로 떨어지던 물방울은 곧 물의 장막
을 펼치고 물안개를 자욱하게 드리운다. 아이는 내
내 말이 없었다.

나가서 물놀이라도 할까? 그렇게 물어도 아이는
도리질할 뿐, 이렇다 할 반응이 없다.

눈치 없이 짓쳐 들어오던 물바늘이 바닥을 슬금슬
금 메우기 시작했을 때도 마찬가지였다. 나는 아이
의 손을 잡아끌었다. 얇은 비닐처럼 물이 깔린 바
닥은 제법 미끄러웠다. 자꾸만 흐트러지려는 자세
를 바로잡으며 아이의 손을 잡자, 그 애는 빈틈없
이 다물린 입술을 잘근잘근 깨물며 물어 왔다.

"바다는 커다란 어항이랑도 닮았을까?"

바다에 들어가면 서로의 목소리를 들을 수 없게 된
다는데 그건 진짜일까. 잘은 모르겠지만 진짜였으
면 좋겠다. 아이는 이상하게 중얼거리며 슬쩍 손을

뺐다. 말문이 막혀 멈칫거리는 동안에도 물살은 멈출 줄을 모른다. 아이의 발목 언저리에서 넘실거리는 물결에 스케치북이 축축하게 젖어 들어갔다. 나는 다급하게 말했다.

"어항보다 훨씬 빛날 거야."

이른 아침 태양이 떠오를 때면 온 바다가 붉게 물들 거야. 해가 중천으로 옮겨 오고 나면 아무 일 없었다는 듯 푸르게 넘실대다가, 밤이 찾아들 무렵엔 거울처럼 까맣게 져 갈 거야. 파도에 부딪혀 잘게 부서지는 햇빛에 너는 눈 감게 될 거고 바람에 섞여 오는 짠 내에 숨 들이켜게 될 거야.

빗소리가 너무 커서 내 목소리는 잘 닿지 않을 것 같았다. 종국에는 말한다기보다는 언어를 토해낸다는 느낌에 가까웠다. 물살 따라 녹아 가는 몸이 두려웠다.

나는 늘 그랬다.

어른들이 늘 그랬다.

철이 일찍 들었네. 참 의연하네. 어른스럽네. 칭찬인

것도 같고 불유쾌한 동정심 같기도 했던 말끝에는 늘 나이에 맞지 않아 보인다는 말이 따라붙었다.

어른이고 싶었다. 아니, 정확히 말해볼까.

나를 지켜주는 어른이 있었으면 했다. 나의 상상 놀이에 어울려 주고, 학교에서 집으로, 집에서 학교로 데려다주고 또 마중해 주고. 놀다가 상처를 달고 돌아오면 많이 아팠겠네, 해 주며 피도 씻겨 주고 자장가도 불러 주는 그런 어른이 곁에 있어 주기를 바랐다.

점차 물에 녹아 가는 게 내가 만든 허상인지 나 자신인지 분간할 수가 없다. 다만 내 시선에 존재하는, 어린 나를 여태껏 돌봐 준 공상 속의 어른이 무언가 필사적으로 전하려 하고 있다는 것만 어렴풋하게 눈치챌 수 있었다.

상상에서 멈추면 안 돼. 직접 가서 봐. 네가 그린 것보다 더 멋진 세상이 펼쳐져 있는 걸 두 눈으로 확인하고, 그보다 더 근사한 모습을 스케치북에 담는 거야.

그럼, 네 스케치북 속 숲에선 바닷물을 마신 나무
가 자랄 거야.

바다 한가운데서 귀여운 꾀꼬리 울음소리가 들릴
지도 몰라.

일렁거리는 물 때문에 그의 하반신은 잘 보이지 않
았다. 그럼에도 그는 녹아 가는 몸을 이끌고 구석
에 처박혀 있던 의자를 질질 끌고 왔다. 자그마한
창의 창살을 필사적으로 두드리며 소리도 질렀다.
도와주세요, 도와주세요. 여기 사람 있어요….

"내가 그린 바다보다, 진짜 바다가 더 실망스러우
면 어떡해?"

"그럼 더 욕심내면 되지. 이것보다 더 멋진 세상은
없을지."

그 말이 마지막이었다. 어항을 빈틈없이 막고 있는
뚜껑 같던 창살이 여러 사람의 손길에 의해 뜯어져
나갔다. 문구점이나 마트를 오가며 몇 번 본 적 있
는 얼굴의 어른들이 작은 창 앞에 삼삼오오 모여
있었다. 의자를 디딘 발이 휘청이자 억센 손길이

나를 단단히 붙잡았다. 빗물에 푹 젖은 손은 예상과는 달리 아주 뜨겁고, 따스했다.

몸이 붕 떴다. 창 너머로 나를 꺼내 보려는 듯 어른들이 분주하게 소리를 내고 있었다. 나는 나를 단단히 안아 올리는 손길에 문득 집 안을 돌아보았다.

아무도 없는 집 안에 푹 젖은 스케치북만이 하염없이 떠내려가고 있다. 물이 차오르기 전에 끌고 온 의자는 누르던 무게가 사라지자 금세 중심을 잃고 배를 발랑 까뒤집었다. 내내 창살을 두드리던 손에 아릿한 통증이 밀려들었다.

세상이 온통 잿빛이었다. 하늘도, 우리 집도. 그리고 아주 뜨거웠다.

나를 안은 손길이 그러했고, 눈물이 터지자, 얼굴 쪽으로 금방 올라오는 열이 그랬다.

어찌 됐건, 바다는 이렇게 뜨겁지 않을 게 분명했다.

어른이 되면 상상력을 잃어간다

나이가 들며 어른이 된다는 건 상상력의 세계에서 현실로 정착하는 과정인 듯하다. 유년 시절에 나는 밤에 잘 때 마다 꿈속에서 이상향의 미지 속으로 여행을 다녔던 기억이 있다. 그때는 디즈니 만화 영화를 보면서 동심의 세계로 유영하였다. 미키마우스를 보면서 행복함을 느꼈다. 학교에서 조립식을 하면서 놀던 기억이 난다. 그때 자주 만들던 보물섬이라는 인기 상품이 있었다. 마치 배를 타고 미지의 탐험을 떠나면 언제가 보물이 숨겨져 있는 섬이 나타날 거라는 상상을 하고는 했다. 그 섬에는 그 보물을 지키려는 해적들이 지키고 있는 거다. 그 해적선장과의 대결에서 승리해서 보물을 쟁취하면서 고향으로 돌아오는 상상을 했던 기억이 난다. 하지만 중년의 지금의 나는 그런 추억 속의 상상 세계가 현실이라는 고달픈 일상에서 사라져 버린지 오래인 듯하다. 참으로 서글픈 현실이 아닐 수 없다. 그래도 가끔 읽는 소설 속에서 동심의 상상의 힘을 다시금 간직하고 일깨우고 싶어서 안간힘을 쓰는 중이다. 인류의 발전에도 상상으로 인해서 지금 문명의 이기들을 만들어서 이용하면서 편리한 삶을 살고 있다고 생각한다. 라이트형제가 하늘을 나는 새를 보면서 인간도 저 하늘을 날아보겠다는 상상을 통해서 비행기가 탄생했듯이 말이다. 그대는 외계인의 존재를 믿고 있는가? 과거 UFO의 출현을 통해서 괴비행물체가 상공을 날아다니며 인류를 위협할 수 있다는 생각을 했다. 언제가 그 위협적인 존재들이 지구를 침공해 올 것이고 인류를 지배하려고 할 거라고 여겼다. 그런 적들에게서 인류를 지키기 위해서 사람들은 끊임없이 히어로들을 만들었다. 슈퍼맨 배트맨 에스퍼맨등 인류를 위협하는 적들에게서 지구를 구하고 지키라는 특명을 주면서 스토리를 이어왔다. 최근에는 마블 시리즈까지 참으로 다양한 히어로들이 우리 곁에서 함께 했다. 상상의 힘이 이런 시리즈물을 만들어낸 원동력이 아닌가 싶다. 인간의 상상의 힘은 발전의 근원이 될 수 있다. 우리가 일상생활 속에서 경험하는 불편함을 해결하고자 하는 의지들이 오늘날의 문명의 이기를 만들고 생활을 편리하게 해 줄 수 있는 근원이 되었다. 나에게 축지법과 투시력과 은둔술이 있었으면 얼마나 좋을까 하는 엉뚱한 상상을 하고는 한다. 그러면 삶이 더욱 재미있어질 거라는 생각을 가지게 된다. 상상한 대로 현실이 이루어지면 어떨까라는 생각을 한 적도 있다, 자기 계발 서적을 읽으면서 네빌 고다드의 서적들을 본적이 있다. 상상의 힘에 대해서 역설한 책이다. 처음에는 왠 얼토당토않은 이야기로 사람을 현혹시킬가 하는 의구심을 가지게 되었다. 하지만 점점 책을 읽어가면서 그럴 수도 있겠다는 생각이 들었다. 어쩌면 우리의 고정관념과 편견들이 우리 개개인이 가진 무한한 가능성을 제한시키고 있다는 생각도 든다. 내 안에 있는 잠재력을 끌어올리기 위해서는 나는 할 수 있다는 마음을 가지고 긍정적인 상상을 하면서 이를 점점 현실화 시켜야 한다는 생각을 가지게 된다. 물론 자신이 노력도 하지 않으면서 이루어질 거라는 감나무 아래에서 감 떨어지기만을 기다리는 도둑놈 심보를 지니지 않고 노력하고 훈련해야 한다. 세상에 공짜는 없다. 거저 나에게 주어지는 건 하나도 없다는 만고의 진리를 항상 기억해야 한다. 우리의 삶이 매번 즐겁고 좋은 일만 일어나지는 않지만 그래도 좋은 상상과 성공해 있는 나를 그리면서 나아갈 때 좋은 일들이 일어나게 된다. 이번 여름 참으로 무더웠다. 폭염과 열대야로 인해서 매일 직장에 나가서 일하게 고역이었다. 그럴 때마다 시원한 에어컨을 쐬면서 내가 푸켓섬에서 휴양지에서 시원한 음료를 마시면서 아름다운 아가씨와 해변에서 즐거운 시간을 보내고 있는 모습을 상상할 때 마다 위로가 되었고 잠시나마 행복할 수 있었다. 명상에서는 이를 심상화 기법이라고 한다. 자신이 되고자 하는 상황을 마음속으로 그리고 이를 되내이면 언제가는 된다는 원리이다. 돈의 속성을 지은 김승호 회장은 자신이 이루고자 하는 바를 쪽지에 천번을 쓰라고 조언하고 있다. 손으로 쓰면서 뇌는 이를 인식하게 된다. 마치 이루어졌다고 착각을 하면서 쇠내시키는 효과가 발생하는 거다. 나는 베스트 셀러 작가라고 상상을 하면서 글을 쓰면 언젠가는 나또한 이루어 질거라는 생각을 가지게 된다. 물론 원하는 바를 위해서 훈련과 노력을 병행해야 한다. 상상하는 대로 이루어진다는 확신과 자신감을 가지고 임하면 우리의 인생도 달라질 거라는 생각이 든다. 때로는 하는일 마다 안되고 좌절과 패배주의에 사로잡혀서 인생을 허비하고 있는 이들에게 한번씩 우리의 인생의 방향의 키를 바꾸어 보라고 조언하고 싶다. 우리 각자는 가지고 있는 내면의 무한한 잠재성과 힘을 지내고 있다. 네빌고다드는 이를

상상 속 피어 난 소원

상상의 힘이라고 정의 했다. 우리가 백만장자가 되어 있다고 상상한다고 해서 이게 하루아침에 현실화 되는 건 아니지만 장기적으로 목표를 세우고 꾸준히 조금씩 노력하면서 이루어나간다면 언제가는 현실화 되어가는 모습을 발견할 수도 있다. 결혼을 하고 싶다면 내가 아름다운 여성을 만나서 함께 즐거운 시간을 보내고 있다는 모습을 그리면 된다. 이를 통해서 우리의 이상향이 달라지고 삶을 대하는 태도가 훨씬 긍정적이고 적극적인 모습이 될 수 있다. 공모전에 도전하는 작가에게 비록 앞날의 일은 알지 못하지만 1등을 해서 상금을 받는 장면을 머릿속에 그리면서 임한다면 더욱 좋은 작품이 탄생하지 않을까 싶다. 이와같이 우리의 삶속에서 이루어지는 순간순간마다 아름답고 즐거운 상상을 하면서 삶의 품격을 높일 수 있는 우리가 되었으면 한다. 우리의 인생은 연습이 없다. 한번 가면 다시는 돌아올 수 없는 가치있는 삶이다. 인생이라는 시간을 허비하지 않기 위해서는 우리 스스로의 인생을 대하는 자의 자세와 태도에 따라서 결과물은 다른거라는 생각을 하게 된다. 아울러 좋은 상상을 통해서 이를 실현하기 위해서 노력하는 우리의 인생의 경주를 높이 사고 싶다. 비록 나이가 들어가면서 보물섬의 애꾸눈 선장의 존재가 현실이 아니라는 정도는 알게 되면서 점점 세속화 되고는 있지만 우리 가슴 한켠에 마음속 동심의 나라를 간직하고 싶다는 생각을 가지게 된다.

상상

아무것도 거칠 게 없고
아무것도 신경 쓰지 않아도 되는
그런 세상 속에서 살고 싶다.

마치 행복한 만화의 주인공처럼
나와 함께해 줄 친구들이 있고
천진난만 웃음들로 가득한 친구들이 함께하며,

세상을 벗 삼아 따뜻한 햇살에 비출 때
아름답게 울어주는 새소리들이
나의 알람이 되어주고,

자연스레 뜨는 눈앞으로
넓은 초원과 시원한 바람이 이끄는
그런 곳에서 살고 싶다.

상상의 활용

세상의 누구나 하나쯤 소원을 가지고 있다.

누군가의 아픔을 낫게 해 달라는 소원, 부자가 되게 해 달라는 소원, 행복하게 해 달라는 소원 등 크고 작은 소원들은 그렇게 상상 속에서 시작되고, 상상 속에서만큼은 내 소원이 이뤄진다. 상상 속에서 행복 한순간들이 연속되고 그 상상은 소원으로 가는 하나의 길이 된다.

우리가 지금 살고 있는 세상도 아마 상상 속에서나 그려왔던 것들이 대부분 현실로 이뤄진 것들이 많다. TV, 컴퓨터, 스마트폰 등등 누군가의 상상에 의해서 그리고 상상에 대한 믿음과 노력으로 만들어진 산물들이다.

이처럼 상상이란 무한한 가능성을 만들어 주고 꿈을 꿀 수 있게 해 준다. 단순한 환상이 아닌 삶의 원동력이 되어, 사람이 가지고 있는 하나의 중요한 요소이다.

상상력은 모든 것을 가능하게 만든다.

- 존 레논

상상이 없다면, 아마 사람들은 생각보다 삶이 무기력하거나, 능동적이지 못했을 것이다.
현실과 상상의 괴리에 대한 격차로 인해 자신이 놓인 상황을 부정할 수 있기 때문이다.
단호하게 말하지만, 상상을 많이 할수록 내 현실이 상상으로 점점 더 가까워진다고 생각한다.

만약 그렇지 않더라도 상상은 지금 내가 할 수 있는 최고의 만족이 될 수 있고, 나의 기쁨이 될 수 있기에 많은 상상을 하길 바란다. 가능할 수 있는 것

상상 속 피어 난 소원

이 아니어도 좋다.

일례로 한 토론 프로그램에서 손석희 아나운서와
가수 이효리의 인터뷰에서 질문을 받았다.
 '유명하지만 조용히 살고 싶고, 조용히 살지만 잊
히긴 싫다…. 어떤 뜻인지는 알겠는데 가능하지 않
은 이야기 아닌가요?'라고 이효리에게 질문을 던졌
고, 이효리는 말했다. '가능한 것만 꿈꿀 수 있는 건
아니잖아요.'라고 했다.

정말 신선한 충격이었다.
아무도 그런 답변을 내 놓으리 란 생각을 하기나
했을까? 하는 생각이 들었다.
틀에 박힌 사고방식이 얼마나 위험한 것인지 깨달
을 수 있던 대화였고, 그래서 그 후로 생각했다. 우
리의 사고방식을 유연하게 하지 않으면 그저 감옥
에 갇힌 하나의 동물일 수도 있겠다는 생각이었다.

상상이란 자신이 할 수 있는 혹은 자신이 생각할 수 없는 무한한 생각의 장이 되며, 그로 인해 자신이 생각하지 못한 무언가까지 얻게 될 것이다.

난 지브리 애니메이션을 좋아한다. 상상에 관한 이야기를 쓰면서 유튜브로 음악을 듣고 그 사이로 나오는 장면 하나하나를 보면서, 그저 그림일 뿐이라는 생각 뿐 이었지만, 그렇지 않다.
상상에선 무엇이든 이룰 수 있음을 내 생각을 깨어내야 한다. 그래서 상상을 해보았다.
대부분의 지브리 영상에는 푸른 초원이다. 넓은 바다들이 많이들 나오는데, 그 위에서 저런 풍경에서 내가 살았으면…. 하는 상상을 해보았다. 마녀가 되어서 빗자루를 타보기도 하고, 혹은 토토로 같은 귀여운 친구를 두고, 푸른 심장을 가진 사나이도 되어보고, 그렇게 상상하다 보면, 마음이 너무 편안해지고, 세상이 정말 아름답게 느껴진다.

또 지금 이렇게 글을 쓰고 있는 것도 내가 생각한 또 다른 상상에서 시작하는 노력의 일환이다. 언제가 될지는 모르겠지만, 이런 글로 인해 나 말고 다른 사람이 공감이나 동기부여가 되기를 바라며, 혹은 그로 인해 내가 좀 더 유명한 작가의 반열에 오르길 바라는 상상에서 이렇게 글도 쓰게 된다.

물론 꿈에 대한 상상은 자신이 그 상상을 현실로 가져올 수 있는 노력이 수반되어야 한다.
단순히 상상만 하는 것에서 그치면 그 상상은 자신의 위로나 평화 마음의 위안에서 그치기도 하지만, 그에 대한 노력들이 수반될 경우에 언제 가 될지는 몰라도 자신의 상상이 현실이 되는 순간으로 가까워지는 하나의 발걸음들이 될 수 있다.

이처럼 상상은 자신이 가지고 있는 무한한 능력을 마음껏 쓸 수 있는 생각의 장이다.
자신을 잠시나마 현실에서 벗어날 수도 있게 해 주

며, 상상을 통해 자신이 하고 싶은 것들을 조금이
나마 그려보고 동기부여가 될 수 있는 그런 것들
상상이다.

행복한 상상 속에서 자신을 찾아보고,
그려보다 보면 자신이 상상하는 세상이 이루어질
것이다.

-새벽-

물론 매일을 상상 속에서만 살 수 없다.
이런저런 좋은 상상 속에서 살다가 문득 지금 놓여
진 내 상황들이나 현실에 마주할 때 괴리감이 크다
면 상실감도 커서 안 좋은 영향을 끼칠 수 도 있기
때문이다.
아주 가끔 너무 힘이 들거나 지칠 때 상상을 펼쳐
자신의 꿈이라든지 소원이 이뤄지는 상상을 해보
면 그만큼 자신에게 위로가 되지 않을까 생각한다.

간절히 바라면 이루어진다는 말도 있고, 상상으로 인해 자신의 어떠한 문제를 해결할 수도 있는 경우도 생길 수 있기에 상상력은 생각보다 중요하다.

아마 글을 쓰거나 그림 등 예술이나 문학에서는 더 중요한 요소가 될 수도 있다. 상상력이 부족하다면, 과연 내가 경험해 보지 못한 것들을 글로 쓰거나 그릴 수 있을까? 하는 의문이 든다. 누구에게나 있는 능력이지만 어떻게 활용하느냐에 따라 상상은 최고의 무기가 될 수도 있으며, 혹은 약점이 될 수도 있다.

상상에 대한 긍정적인 모습들만 생각해 봤지만, 우리가 가지고 있는 상상력으로 자신을 스스로 힘들게 하거나, 혹은 부정적인 사고를 습관처럼 되는 경우도 있다.

예를 들어 망상이란 단어 역시 상상력에서 시작한

하나의 증상이다.

망상은 실제 일어나지 않는 사실을 마치 일어 날 그것처럼 예상한다든가 혹은 이미 일어 난 것처럼 여겨 자신에게 부정적인 영향을 끼치거나 무엇을 진행하는데 진행하지 못하게끔 하는 부정적 요소이다.

더 나아가 망상하나로 자신뿐만 아니라 자신의 주변까지 힘들게 하는 사람도 더러 있다.

이런 것 중 하나가 의심하는 병들이다. 정말 좋지 않음은 내가 잘 알고 있다. 있지 않은 사실로 상대방에게 압박을 가한다던가 강요를 해 상대방에게 약간 세뇌 아닌 세뇌를 시키게 하는 경우이다. 물론 그 압박하는 상대가 자신에게 중요한 사람이거나 밀어내거나 끊어 낼 수 없는 사람이면 더더욱 삶이 힘들어질 것이다.

만약 누군가에게 있지도 않은 일을 있는 거처럼 강

요당하고 같이 생활하고 있다면, 그 끝은 불 보듯이 뻔하다.

이처럼 상상에는 좋은 상상과 안 좋은 상상이 공존한다.
무한한 능력을 가지고 있으면서도, 좋은 상상으로 흘러갈 때 자신의 만족감 혹은 활용도가 높기 때문에 긍정적인 부분에서는 꼭 필요하다.

나 역시도 몇 년 전 잠깐 회사를 쉬는 동안 처음으로 웹 소설 이란 걸 써 봤었다.
물론 호응도 그다지 좋지는 못하였지만, 잠깐 쉬는 동안에서 유일하게 할 수 있었던, 그것마저 하지 않았더라면 하루가 허무하기만 했던 그때 나름의 약속이 일환으로 쓰게 되었다….

그럴 때 정말 유용했다.
내가 상상한 세상에서 내가 상상한 사람들과 상상

의 이야기를 펼치는…. 일주일에 두 번씩 쓰면서 생각보단 쉽지 않았지만, 아마 상상력이 없었다면 20회나 쓸 수 없었을 것이다.

이처럼 상상력은 좋은 쪽으로 사용할 때 내가 할 수 있는 것들을 가능케 하며, 부정적인 상상력만 조심하고 너무 과용하지만 않는다면, 자신을 발전시키고 자신이 하고자 하는 것들에 대한 무한한 동력이 될 것이며, 가끔은 자신의 도피처도 될 수 있으니, 좋게 활용하기를 바라며, 중요한 것은, 상상과 현실 사이의 균형을 잘 찾아야 한다. 상상 속에서 무한한 가능성과 마음의 안정을 도모하면서도, 현실에서 발은 굳건히 딛고 서 있어야 한다.

그렇지 않으면, 상상은 쉽게 허망한 꿈으로 변할 수 있으며, 상상을 통해 영감을 얻고, 그 영감을 현실에 적용해 나가야 비로소 힘을 발휘하게 되며, 작은 꿈에서부터 시작된 상상이라도, 현실에서 이루어지기 위해서는 꾸준한 노력과 인내가 필요하다.

또한, 상상은 단순한 도피처가 아닌, 창의성과 문제 해결의 도구로 사용될 때 가장 빛나니, 이를 위해 우리는 상상력이 주는 긍정적인 에너지를 최대한으로 끌어내고, 부정적인 상상에 빠지지 않도록 스스로를 다 잡아야 한다.

결국, 상상은 우리의 삶을 더 풍요롭고 다채롭게 만드는 힘이며, 이를 잘 활용한다면, 우리는 더 큰 성취와 만족을 얻을 수 있다. 상상이 우리의 목표를 향한 원동력이 되고, 때로는 어둡고 힘든 순간에도 빛을 비추는 등대가 되어줄 수 있다는 사실을 기억하며, 앞으로의 생활에 여러 방면으로 다양하게 긍정적으로 활용해야 한다.

그러니 지금, 이 순간, 당신의 상상을 현실로 만들기 위한 어떠한 노력을 하고 있다면, 그 상상이 어

떤 작은 꿈이든, 혹은 거대한 이상이든 간에, 그것
을 현실로 끌어오는 힘은 스스로에게 있으니, 자신
이 상상한 세상을 믿고 나아가며, 꾸준한 노력으로
상상을 현실로 가져오길 바란다.

상상

상상할 때가
더 나은지도

상상만으로 자유로운데
실상이 드러나면
실망할 때도 있는 법

가끔은 상상으로
그냥 놔두는 게

더 넓고
더 깊고
더 기쁜 일이

될 수도 있으니

마음껏 상상하자

달콤해라

내가 너와
사랑을 할 수 있다면

숲의 작은 꽃길을
너와 손잡고 걸을 게

비 오는 날이면
바다가 보이는 예쁜 카페에서
너와 눈을 맞출게

다정한 노을로
하늘이 물들면
너와 함께 바라볼게

너가 서러울 땐
내 어깨를 내어 줄게

그리고

내가 사랑하는 건
너라고 말해 줄게
니 마음에 내가 보이게

사랑은

너가 있는 곳에서
내가 있는 이곳까지

너의 마음이 내게로 날아와
행복한 상상이 별빛을 따라온다.

별빛이 너를 덮고
눈빛이 나를 덮고

내 미소가
너에게 스며들 때

흔들리는 꽃이
향기로 가득 채우듯
살포시 너에게 닿아

사랑은
꽃처럼 피우지
꿈처럼 꿈꾸지

어른이 되어 꺾인 꿈

어린 시절의 나는 원할 때 어디에서든 자유롭게 상상의 어딘가로 여행을 떠났다. 작은 공주 인형 하나만으로도 공주님이 되어 큰 궁전에서 내가 살고 있기도 하고 공룡 장난감 하나로 공룡시대를 탐험하는 대장님이 되어 있었다. 세상은 새롭고 신기한 것들로 가득 차 있었다. 내가 꿈꾸는 모든 것이 현실이 될 것만 같았다. 하지만 시간이 흐를수록 나이를 먹어가면서 그 무한한 상상은 범위가 좁아지고 꿈의 날개는 접혔다. 나이를 먹으면서 어른이 되면서 나는 더 이상 그 조건 없는 무한한 상상을 할 시간도 꿈을 꿀 여유도 없어져 버렸다. 과거의 나에겐 상상은 단순히 놀이나 장난이 아니었다. 나의 호기심과 창의력을 펼칠 수 있는 수단이었고 세상을 이해하는 방식이기도 했다. 어린 시절의 꿈은 현실을 넘어서 새로운 가능성을 탐구하고 살펴볼 수 있는 도구였다. 꿈은 내가 이루고 싶은 것과 되고 싶은 것을 알려주는 나침반이었다. 하지만 점점 한 살 두 살 나이를 먹으며 나는 내 꿈과 상상을 현실적인 제약에 가두기 시작했다.

어른이 된다는 건 많은 변화와 도전을 동반하는 일이다. 경제적인 책임과 직장에서의 역할, 사회적인 기대 등 일상은 점점 무거워지고 그로 인해 상상과 꿈을 생각할 시간과 여유는 점점 더 옅어진다. 우리는 종종 원하던 것을 얻기 위해 얼마나 많은 것을 포기해야 하는지 깨닫게 된다. 그 과정에서 꿈은 우선순위에서 서서히 밀려간다. 현실적인 문제에 맞닥뜨리며 우리의 꿈과 상상이 사라진 그 빈 공간에 익숙해지게 된다. 그리고 우리 그 빈 공간을 현실과 타협한 어떤 것들로 채워가기 시작한다.

초등학교 시절 내가 꾼 첫 번째 꿈은 과학자였다. 한 알을 먹으면 먹고 싶은 음식의 모든 맛이 떠 오르는 약을 개발하고 싶었다. 또 방울토마토가 수박만 했으면 좋겠다는 상상도 했다. 이런 비현실적인 꿈들은 내가 어떤 사람이 되고 싶었는지, 어떤 삶을 살고 싶었는지를 보여주는 중요한 지표다. 꿈을 꾸는 것 자체가 중요했고 그 꿈이 현실이 되지 않더라도 내 삶에 중요한 의미로 남는다. 하지만 어른이 되어가는 과정에서 우리는 꿈을 점점 더 현실과 엮어서 생각하게 된다. 꿈꾸는 것은 망상이고 비현실적이며 상상력은 무의미한 것으로 치부된다. 이 과정에서 우리는 삶의 의미를 잃고 무기력함과 공허감을 느낀다.

한때 싸이월드라는 90년대 감성이 가득했던 공간에서는 많은 사람들이 각자의 감정과 감성을 담아 글을 쓰고 생각을 표현했다. 지금은 그런 표현을 터무니없는 것으로 여기는 분위기가 팽배해졌다.

그래서 우리는 더 입을 다물고 생각을 닫는다. 그렇게 더 무미 건조해져 가고 있다. 물론 이런 무미 건조함이 무조건 부정적인 건 아니다. 어른이 되면서 우리는 생각하는 걸 더욱더 구체적이고 실용 가능한 방법을 모색한다. 현실적인 제약 앞에서도 여전히 꿈을 이루기 위한 노력을 기울일 수 있는 방법을 찾아가는 것이다.

어린 시절의 꿈은 떠나간 것이 아니라 우리의 마음속 깊은 곳에 여전히 자리 잡고 있다. 그것을 꺼내서 삶의 작은 원동력으로 삼는다면 여전히 꿈꾸는 삶을 살아갈 수 있다. 꿈꾸는 나의 모습은 과거의 추억이 아니라 내가 현재와 미래를 살아가는 데 있어서 또 다른 원동력이 된다. 결국, 어른이 되어 잃어버린 꿈은 스스로 되찾아야 할 소중한 무엇이다. 그것을 다시 찾고 삶에 새로운 활력을 불어넣는 일은 결코 쉽지 않지만, 그 과정을 거친다면 지금보다 더 나은 삶을 살 수 있을 것을 확신한다. 꿈꾸는 것 자체가 우리에게 중요한 가치이기 때문이다.

상상 속의 나

상상 속 이야기는 예고 없이
시작하곤 하지

길을 거닐다가도
잠이 오지 않은 긴 밤을 만날 때도
불쑥 노크하는 상상 속의 내가 웃겨서
피식 웃음이 나오곤 해

어느 날은 하늘 저 높은 별을 따다
도망가지 못하게 품에 꼭 껴안고 자고
또 다른 날은 원하는 대로
마법을 부리기도 하지

아주 가끔은 불쑥 찾아오는 이 상상들이
쓸데없고 귀찮게 느껴지는 날도 있을 거야

하지만 아무도 몰라
상상으로 써 내려간 무수히 많은 이야기들이
꿈이 실현되는 표지판이 되어
당신만의 작품이 될 수도 있으니 말이야

내 일상, 콘텐츠 맛집!

최근에 공동 집필이 부쩍 늘었다는 소식을 들었어
요. "누구나 짧은 글만 써도 쉽게 공동 저자가 될 수
있다!" 이거 참 흥미롭지 않나요? 저도 도전해 보고
싶어지더라고요. 무슨 콘텐츠를 쓸까, 고민하다가
문득 떠오른 게 바로 숏폼이었어요. 숏폼 콘텐츠가
요즘 얼마나 인기를 끌고 있는지 아마 다들 잘 아실
거예요. 짧지만 임팩트 있는 챌린지 영상, 웃긴 밈,
혹은 감동적인 이야기들이 사람들의 관심을 사로잡
으면서 "돈 줄 테니 우리 플랫폼에 올려봐!" 유혹이
여기저기서 쏟아져 들어오고 있죠.

그런데 숏폼 콘텐츠라고 해서 쉬운 게 아니더라고
요. 꾸준히 활동하려면 꾸준한 콘텐츠가 필요한데,

그게 생각처럼 쉽지 않아요. 그러다 보니, 내 삶에서 보고 듣고 느끼는 모든 게 콘텐츠가 될 수 있겠다는 생각이 들더라고요. 내 인생이 좀 시시콜콜하긴 해도, 뭐 어쩌겠어요. 전부 내 거니까요! 그런데 이게 참 묘해요. 이런 생각이 드는 순간, 갑자기 모든 일상이 새롭게 보이기 시작했어요. 아침에 일어나서 마시는 커피 한 잔도, 길을 걷다가 본 예쁜 꽃도, 전부 다 콘텐츠가 될 수 있는 소재로 보이는 거예요. 마치 내가 살아가는 모든 순간이 하나의 큰 프로젝트가 된 것처럼 말이죠.

그런데 말입니다. 이게 입 밖으로 나가는 순간, 그게 더 이상 내 것이 아니라는 게 문제예요. 내 콘텐츠였는데, 어느새 휙 하고 날아가 버려요. 마치 증발해 버리기라도 한 것처럼 사라지죠. 내가 이야기하는 순간, "콘텐츠가 필요하다!"라며 목마른 사람들이 덥석 물어갈 수도 있거든요. 이걸 참으면서도 또 다른 문제가 생기는데, '이거 내 콘텐츠가 될 수도 있었는데 괜히 말했네…' 하는 생각이 자꾸 반복되다 보면, 어느새 점점 더 말을 아끼게 되는 거예요. 그래서 입을 닫고 사는 게 차라리 나을지도 모르겠다는 생각까지 들더군요.

그런데 그렇게 입을 닫고만 있으면 우리 삶이 얼마나 삭막해질지 생각해 보세요. 모든 사람이 자기 생각을 숨기고 누구도 자신의 이야기를 나누지 않게 되는 세상이 온다면, 그건 정말 끔찍하지 않나요? 그런 세상에서는 우리가 서로 소통하고 공감하는 일들이 점점 사라질 테고, 결국엔 아무도 웃지 않고 아무도 울지 않는 무미건조한 사회가 될 것 같아요. 그런 미래는 상상만 해도 끔찍하죠.

게다가 생각해 보세요. 사람들이 다들 자기 콘텐츠를 꼭꼭 숨긴다면 사연 받아 읽어주는 라디오 프로그램이나 유튜버들은 어떻게 될까요? 더 이상 사연을 보낼 사람이 없으니, 그들도 다 망하게 될지

모릅니다. 결국, 이야기의 홍수 속에서 이야기가 사라지는 아이러니한 상황이 펼쳐질 수도 있겠네요.

하지만 인간은 그렇게 쉽게 입을 다물고만 살 수 없는 존재잖아요. 결국, 우리가 입을 다물고 있다고 해서 내면에서 일어나는 모든 생각과 감정을 멈출 수는 없거든요. 그게 입 밖으로 나오지 않더라도 언젠가는 다른 방식으로 표출되기 마련이죠. 그게 바로 콘텐츠로 나타나는 겁니다. 입을 다물고 있어도 머릿속에서는 끊임없이 새로운 생각들이 떠오르고, 그걸 표현하고 싶어지는 욕구가 생기는 거예요. 그래서 결국 그 이야기들은 잘 버무려져서 어느새 숏폼 콘텐츠로 등장하게 되죠. 그러다 보면 "어? 친구랑 커피 마시며 나눴던 수다가 다른 아이디 두 개로 동시에 올라왔다고?"라는 놀라운 상황도 벌어질 수 있는 거예요.

그리고 그때부터 진정한 배틀이 시작됩니다. 중복

된 콘텐츠가 여기저기서 우르르 쏟아지고, 그중에서 눈에 딱 띄는 섬네일을 만든 사람, 아니면 자극적이고 웃기게 연출한 사람이 승리하게 되죠. 약육강식의 원칙처럼 구독자 수가 가장 많은 사람이 결국 승자가 될 수도 있고요. 아니면 누가 가장 먼저 출판하느냐에 따라 최종 승자가 결정될 수도 있겠네요. 요즘엔 전자책이 대세니까 휘리릭 만들어 올리면 그만이거든요. 게다가 AI가 대신 써줄 수도 있으니, 세상 참 좋아졌죠? 물론 책 제목은 모두 제각각이겠지만, 요즘 독자보다 작가가 많다는 이 시대에 비슷한 내용의 책이 몇 권 나와도 누가 눈치나 챌까요?

이렇게만 보면 이 경쟁은 끝도 없이 치열해질 것 같지만, 사실 경쟁이 치열해지는 것에는 나름의 장점도 있어요. 더 나은 콘텐츠를 만들기 위해 사람들이 노력하게 되고, 그 과정에서 새로운 아이디어와 창의적인 접근이 나오기도 하죠. 그러나 그와 동시에 우리는 또 다른 문제를 마주하게 됩니다. 바로 저작권 문제죠. 중복된 콘텐츠가 넘쳐나면 저작권 심사하시는 분들 정말 힘드실 것 같아요. "이거 어디서 많이 본 내용 같은데?" 하다가도, "아니, 이런 비슷한 책이 또 있었어?" 하며 머리를 쥐어뜯으실 것 같아요. 이러다가 저작권 심사자들께서도 숏폼에 뛰어드시는 거 아닌가 모르겠네요. 그분들도 나름의 콘텐츠를 만들어야 할 테니까요!

그러니 이쯤에서 한 가지 짚고 넘어가야 할 것 같아요. 아, 이건 떠오르는 대로 쓴 글일 뿐, 공동 출판사를 비판하려는 건 절대 아닙니다. 오해하지 말아 주세요! 그저 재미로, 또 요즘 트렌드에 맞춰 한번 생각해 본 거예요. 이 글이 공동출판할 글이니까, 뭐든지 유쾌하게 생각하는 게 중요하겠죠?

그리고 이런 혼돈의 카오스 속에서도 나름 재미있는 발견이 있어요. 감정이 폭발할 것 같아 사람들에게 하소연할 준비를 하다가도, '아차, 이거 내 콘텐츠인데!'라는 생각이 들면서 갑자기 차분해질 수 있거든요. 그러면 주변 사람들은 제가 아주 어른스럽고 이성적인 사람인 줄 착각하게 될 거예요. 이건 뭐, 뜻밖의 보너스랄까요? 사실 내 콘텐츠를 아끼고 싶어서 잠자코 있는 건데, 사람들은 그걸 성숙한 어른의 품격으로 오해하니 말이죠.

결국 이런 모든 고민도 하나의 콘텐츠가 될 수 있지 않겠어요? 때로는 진지하게, 때로는 유쾌하게 내 생각을 정리하면서 숏폼이든 긴 글이든 내 이야기를 세상에 내보일 준비를 하는 거죠. 물론 누군가 이 글을 보고 "어? 이거 나도 생각했던 건데!"라며 숏폼으로 먼저 만들어버릴 수도 있지만요. 이러다 보면 우리 사회가 점점 더 빠르게 변화하는 콘텐츠의 흐름 속에서 누구나 작가가 되고 누구나 창작자가 되는 시대가 올 것 같아요. 물론 이 과정에서 경쟁도 심해지고 사람들은 더욱더 독창적인 아이디어를 찾기 위해 노력할 테지만, 그게 꼭 나쁜 것만은 아니라고 생각해요.

그래도 괜찮아요. 누가 먼저 하느냐, 누가 더 잘하느냐의 경쟁에서 이길 수도 있고 질 수도 있지만, 중요한 건 내가 나의 이야기를 꾸준히 만들어가는 그 과정 자체 아닐까요? 그렇게 생각하니 콘텐츠로 넘쳐나는 이 시대가 조금은 더 즐겁게 느껴지기도 하네요. 그리고 이런 과정을 통해 내가 성장하는 것을 보는 것도 큰 기쁨이 될 거예요.

그러니 저도 이제 한번 도전해 보려고요. 그리고 이 글이 바로 그 도전의 시작이 될 수 있겠죠. 이게 어디까지 갈지, 얼마나 많은 사람들과 공유될지는 모르지만, 적어도 지금, 이 순간엔 제 콘텐츠로 남아 있으니까요. 그리고 이 콘텐츠가 또 다른 영감을 주고, 누군가에게 새로운 생각을 떠올리게 할 수 있다면 그 자체로도 충분히 의미 있는 일이겠죠.

지하철과 무릎냥이

아침마다 전쟁이 시작된다. 오늘도 어김없이 늦잠을 잔 나는 허둥지둥 집을 나선다. 시계를 보니 이미 7시 30분을 가리키고 있다. 지하철역까지 뛰어가며 속으로 간절히 기도한다. "제발 오늘은 지하철에 사람이 많지 않게 해주세요! 제발!" 그러나 지하철역에 도착하자마자 그런 희망은 산산조각이 난다. 문이 열리자마자 사람들이 밀물처럼 몰려들어 나도 모르게 휩쓸려 들어간다. 거대한 파도에 휩쓸려 들어가는 기분이랄까? 이때부터는 오직 생존 본능으로 움직일 뿐이다.

지하철 안에 들어서자마자 발밑이 점점 좁아지면서 몸이 자유를 잃는 느낌이 든다. 사방을 둘러봐도 머리들로 가득해 '콩나물시루'라는 말이 딱 맞는 상황이다. 어깨와 어깨가 맞닿고, 옆 사람의 숨소리가 내 목덜미를 스칠 때마다 불쾌한 전율이 느껴진다. 숨이 턱턱 막힌다. 그런데 어디선가 싸움 소리가 들려온다. "왜 치고 가냐고!" 하는 외침이 들리는데, 이 상황에서 밀지 않고 어떻게 움직일 수 있겠는가? 이 전쟁터 같은 지하철에서 살아남으려면 밀고 나가는 게 당연한 생존 전략일 것이다. 그래도 싸우는 모습이 참 우스꽝스럽기도 하고, 한편으로는 안쓰럽기도 하다.

갑자기 앉아 있던 사람이 자리에서 엉덩이를 살짝 들썩거린다. 그 순간 주변에 서 있던 사람들의 눈빛이 번뜩거린다. 슬금슬금 그 자리로 몸을 기울이기 시작하더니, 마치 최후의 한 방으로 승패가 갈리는 전투 같은 긴장감이 공기를 가득 채운다. 숨막히는 전투 끝에 최후의 승자는 그 자리에 앉고, 패자들은 시무룩한 얼굴로 다시 서 있다. 이 작은 전투가 하루의 시작이라니, 참 고단한 인생이다.

사실, 30분만 더 일찍 집에서 나왔으면 이런 전쟁 같은 출근길을 피할 수 있었을 텐데, 항상 아슬아슬하게 9시에 도착하려고 하는 나 자신이 이해되지 않는다. 아니, 다들 왜 이렇게 촉박하게 움직이는 걸까? 좀 더 일찍 일어나면 여유롭게 출근할 수 있을 텐데 말이다. 하지만 나 역시 밤마다 "내일은 꼭 일찍 일어나자!"라고 다짐하면서 잠들지만, 아침이 되면 상황이 달라진다. 알람이 울릴 때, 그 소리를 들으면 머릿속에서 여러 가지 생각이 스쳐 지나간다. '아, 포근하다. 나중에 콩나물시루가 되더라도 이건 절대 포기할 수 없어.' 결국 알람을 꺼버리고 다시 이불 속으로 쏙 들어가게 된다. 그래서 또다시 헐레벌떡 지하철을 타고, 어김없이 콩나물시루 신세가 되는 것이다.

사람들 틈에 끼여서 이리 치이고 저리 밀리다 보

면, 온갖 엉뚱한 상상들이 떠오른다. 만약 내가 사람을 감싸는 투명한 보호막 같은 걸 발명한다면 어떨까? 출근길에 앱을 켜고 버튼을 누르면 투명한 보호막이 내 전신을 감싸고, 누구의 터치도 받을 필요 없이 평화롭게 갈 수 있지 않을까? 보호막이 내 몸을 부드럽게 감싸면서 사람들과의 거리를 정확히 10cm 유지해 준다고 상상해 본다. 버튼을 누를 때마다 보호막이 '슉'하고 펼쳐지는 소리가 나면 얼마나 기분이 좋을까? 상상만으로도 벌써 마음이 가벼워지는 것 같다. 이 보호막이 얼마나 초대박을 칠지 상상해 본다. 접었다 폈다 할 수 있는 강철 방패 같은 것도 괜찮을 것 같다. 출근할 때 방패를 펼쳐서 내 몸을 지키고, 회사에 도착하면 딱 접어서 가방에 넣는 것이다. '이거 엄청난 사업 아이템이잖아? 팔면 분명 떼부자가 될 거야!' 사람들이 너도나도 사려고 줄을 서는 광경이 눈앞에 선명히 그려지고, 돈벼락을 맞아 돈방석에 앉은 나 자신을 상상하다 새어 나오는 웃음을 꾹 참는다.

그뿐만이 아니다. 지하철 내부 구조를 아예 새롭게 디자인할 수도 있지 않을까? 사람들을 2층으로 나눠 앉히고, 의자에 앉지 못하는 사람들도 바닥에 편안하게 앉을 수 있게 말이다. 위아래로 겹친 의자를 만들어서 두 배로 많은 사람들이 앉을 수 있게 하는 방법도 생각해 본다. 높은 의자에 앉은 사람은 방귀를 참아야 할지도 모르겠다. 아니면 아예 여러 층으로 나눠서 이동식 침대처럼 편안하게 누워서 갈 수 있는 시스템을 도입하는 것도 좋지 않을까? 지하철이 마치 작은 호텔처럼 바뀌는 상상을 해본다. 편안한 침대에 몸을 맡기고, 목적지에 도착할 때까지 꿀잠을 자거나 엎드려서 뒹굴뒹굴 스마트폰을 볼 수 있다면 얼마나 좋을까? 이렇게 되면 출근길이 피곤한 전쟁이 아니라 작은 휴식 같은 기회가 될지도 모른다.

그리고 망토는 또 어떨까? 그냥 망토가 아니라 출근길의 필수 아이템으로 자리 잡은 특별한 망토 말이다. 다른 사람과의 접촉을 막아주는 마법 같은 망토라면 어떨까? 출근길에 사람들이 그 망토를 입고 다니면, 순식간에 새로운 패션 아이템으로 떠오를 것이다. 중세 시대까지 유행했던 망토가 다시 대유행을 일으키는 상상을 해본다. 사람들이 "이 망토 무늬가 너무 예쁘고 엄청 가볍네요. 어디서 샀어요?" 하고 물어보면서 망토가 출근길의 필수품이 되는 것이다. 망토가 공기처럼 가볍고 화려한 패턴으로 사람들의 시선을 사로잡는다면, 지하철이 마치 패션쇼 런웨이처럼 느껴질지도 모른다. 망토가 다시 세계적인 패션 아이템으로 부활하는 광경을 상상해 본다. 상상만으로도 꽤 근사한 모습이다.

하지만 이 정도로는 부족하다. 어차피 출근길의 혼잡함은 피할 수 없을 것 같으니, 차라리 지하철 칸마다 거대한 스크린을 설치해서 귀여운 고양이 영상들을 틀어주면 어떨까? 고양이들이 상자에 들어가고 공을 쫓아다니며 무한히 귀여움을 발산하는 그 영상들 말이다. 사람들 얼굴에 절로 미소가 번질 것이다. 아니, 더 나아가서 아예 진짜 고양이들을 지하철에 풀어놓는 상상도 해본다. 작은 고양이들이 사람들 사이를 이리저리 뛰어다니며 애교를 부린다면 어떨까? 그 작고 폭신한 젤리로 종아리를 살짝살짝 건드리면서 꼬리를 치켜들고 아장아장 걸어 다닌다면, 아무리 지친 사람들도 그 귀여움에 화를 풀 수밖에 없을 것이다. 고양이들 덕분에 이 혼잡한 출근길이 오히려 힐링 타임이 될지도 모른다.

이렇게 온갖 상상에 잠겨 있다 보면 어느새 목적지에 도착해 있다. 지하철 문이 열리면 사람들이 우르르 쏟아져 나오면서 나도 그 물결에 휩쓸려간다. 마치 내가 걷고 있는 게 아니라 밀려가는 것처럼 느껴진다. 이 순간만큼은 신기하게도 약간 편안한 느낌이 든다. 모두가 같은 방향으로 흘러가는 이 기묘한 순간이, 어쩌면 출근길에서 느낄 수 있는 유일한 평화일지도 모른다.

사무실에 도착하면, 그제야 지하철의 지옥 같은 시간이 잠시 잊힌다. 그런데 막상 자리에 앉아보니 또 다른 지옥이 기다리고 있다. 지하철만 지옥인 줄 알았는데 사무실은 더 깊은 지옥이었다니. 일은 끝도 없이 쌓여 있고, 머릿속에는 해야 할 일들이 마구 떠다닌다. 하지만 이곳에서도 나는 상상을 멈출 수 없다.

만약 내 책상 위에 커다란 강철 방패를 설치해서 상사들의 잔소리를 막을 수 있다면 얼마나 좋을까? 상사의 잔소리가 들려올 때마다 방패를 번쩍 들어 올리면 그 잔소리들이 모두 튕겨 나가고, 내게는 한 마디도 들리지 않을 테니까. 아니면 서류 더미를 정리해 주는 로봇을 만들어서 내 일을 대신 처리하게 할 수도 있지 않을까? 상상 속에서는 이 로봇이 정확하게 내가 해야 할 일을 대신해 주고, 나는 이동식 침대에 누워 뒹굴뒹굴 핸드폰을 만지

상상 속 피어 난 소원

작거리고 있으면 되는 것이다.

그렇게 상상에 빠져 있다가, 문득 내 무릎 위에 슬그머니 올라앉은 '무릎냥이'를 느끼는 순간, 다시 현실로 돌아온다. 이 고양이야말로 진정한 나의 힐링 요정이다! 무릎냥이가 내 무릎 위에 앉아 졸린 눈을 감고 있을 때, 모든 스트레스가 스르르 녹아내리는 걸 느낀다. 작은 몸에서 전해지는 따뜻한 온기, 부드러운 털 속에 파묻힌 내 손이 전하는 촉감이 마치 마법처럼 내 마음을 진정시킨다. 사무실이라는 또 다른 지옥에서도 이렇게 고양이 한 마리 덕분에 천국 같은 순간이 찾아오는 것이다.

내일도 출근길에서 고양이 영상을 보고, 강철 방패와 이동식 침대를 상상하며 버텨낼 것이다. 그리고 사무실에 도착하면 나를 기다리고 있는 무릎냥이가 있다고 생각하며 더더욱 더 힘을 낼 것이다. 어쩌면 고양이들은 인간이 버티는 이유가 아닐까?

따뜻한 눈빛, 말 없는 위로, 그리고 무엇보다도 그 존재 자체가 주는 귀여움이 얼마나 큰 위안이 되는지 모른다.

그러니 내일도 이 상상으로 출근길을 견디고, 사무실에서 무릎냥이와 함께하는 시간을 기대하며 하루를 보내야겠다. 내일도 분명히 험난한 출근길이 기다리고 있겠지만, 그 모든 순간에 상상과 무릎냥이가 함께라면 나는 충분히 견딜 수 있을 것이다. 현실은 고단하지만, 내 머릿속의 다양한 탈출구들이 언제나 나를 지켜줄 테니까.

상상보다 더

내가 죽은 이후를 상상해 본 적 있니?

그날은 유난히 햇살이 반짝일 거야
평소와 다름없는 플레이리스트가 유독 낭만적으로
느껴질 거야
이따금씩 선선히 불어오는 바람이 따스할 거야
오후가 되면 먹는 점심이 더 맛있을지도 몰라
저녁이 되면 지는 노을이 더 예쁠지도 몰라
밤이 되고 나면 이름 모를 별이 하나 더 떠올라 있
겠지.

내가 죽고 난 이후의 지구는 그래

반짝이고 예쁘고 아름다운 것들투성이지만
결국 달라지는 것들은 조금도 없는
무료하고 답답한 인간들의 하모니

그렇지만 거기서 계절이 더 많이 지나면
한 번도 본 적 없는 모양의 무지개가 떠오를지도
함박눈이 펑펑 내려 눈밭 위에 고양이 발자국이 찍
혀 있을지도
계절마다 바뀌는 노래 차트에 내가 사랑해 마지않
던 멜로디가 올라가 있을지도
한때 목매던 이야기의 뒷내용이 공개될지도 모르지

겪어보지 않은 또 다른 무언가가 아주 많이 생겨날
지도 모르지

상상이 상상으로 머무르는 이유는 말이야.
너에게 상상보다 더 가치 있는 현실이 존재하기 때
문이란다

상상 속 피어 난 소원

그러니 네가 이렇게 살아있기만 한다면
상상한 것 이상으로 아름다운 내일을 볼 수 있을지
도 몰라
내일을 살아내고 나면 모레를
모레까지 살아내고 나면 그다음 날도 다음 주도

그렇게 살아남은 몇 년 후에 오늘을 다시 떠올리면
우리의 상상보다 더 힘내서 견뎌온 날들이
네가 상상했던 것보다 더 아름다운 미래에서 반겨
줄 거야

산책로

흰 나비와 동행해 본 적 있니
내쉰 숨보다 자연스러운 날에

햇빛의 자국을 따라 걸어가던 길
상냥히 말을 건네온 나비에게 빚을 졌어

눈으로 볼 수 없는 세상을 향해
다시 한번 마음을 걸어보지 않겠냐고

상상을 따르는 건 도피에 가깝지?
그러나 기꺼이 돌이키고 싶은 날

나대로 살다 보니
인생이 점점 자연스러워져

있잖아
소중한 것들은 어딘가에 숨겨져 있대
하늘을 품고 살아가는 사람들을 위해

나는
돌아가는 길에 풀의 머리를 천천히 쓰다듬었다.
사랑은 입술에만 얽힌 소리가 아니라는 믿음으로

괜스레 지어보는 웃음

한 발, 두 발
우리 걸음 소리를 겹쳐 볼까

점점 선명해지는 너의 눈동자를 마주 보고
콧노래를 부르면서.

온전하게 묶는 띠

향기와 숨결 있는 모든 꽃이 창화한다
프리지어가 구호를 외치고
창가의 리시안셔스가 화음을 띄운다
물망초의 선창을 따라 손을 잡고
레몬버베나가 그에 이어서 화답한다

호랑가시나무의 지휘 아래에서
수선화가 기지개로 악보를 넘기는 순간,
온음과 반음 사이를 뛰어다니며
각자의 고른 마디에 맞게 사랑의 동산을 채워간다

무릇 우렁차고도 크고 작은 숨소리로
모든 것을 통과하는 광의 영원한 스펙트럼으로

각자의 꽃말을 담은 노래를 부를 때
겸손해진 모든 꽃잎이 서로 포개어 포옹하며
남아있던 모든 빗물도 결국 스며들고
부름받은 모든 뿌리가 소명을 다해 뻗어간다

창가의 꽃잎은 마르지 않고
온전한 향기가 내려와
아버지의 열심으로
사랑의 노래를 이룬다

마흔 해 묻힌 당신의 얼굴

나는 알지 못합니다
육십 해 당신의 주름진 얼굴을

나는 잡지 못합니다
육십 해 당신의 구부러진 두손을

나는 드리지 못했습니다
육십 해 당신의 찬란한 생신상을

어느덧
당신이 꿈꾸었던 마흔의 인생길을 지났다
어느새
당신이 그토록 살고 싶었을 마흔을 살아냈다

꿈을 꾼다
그리고
상상해본다

호탕한 웃음을 슬쩍 가리던 예의 바른 당신 오른손이
오늘도 "아가"하고 부르며 나를 향합니다

찌그러진 한쪽 눈 사이 눈물 고인 당신의 얼굴이
지금도 지그시 미소를 머금고 나와 마주칩니다

고슬한 하얀밥
뽀얗게 우려낸 곰국
시원한 동치미 한 그릇
갓 담은 청량한 김치 한 접시
튀기듯 바삭하게 구워낸 갈치구이

눈길마다 손길마다 어린아이처럼 즐거워했을 당신
얼굴이

마흔 해 지나는 오늘 나의 상상 속에서 이제야 보
입니다

이제야
당신의 꿈이 된 마흔 이후의 인생길을 걸어간다
비로소
당신이 그토록 살고 싶었던 오늘을 살아낸다

언어의 상상

엄마의 언어에 아이의 우주가 춤을 춘다
뽀뽀해주세요
한 번 안아주세요
잔치국수 해주세요

따듯하구나
행복하구나

아이의 언어와 엄마의 마음이 마주본다
그럴 수 있어
괜찮아, 잘했어
그것으로 충분해

사랑받고 있구나
사랑하고 있구나

서로 다른 사랑의 언어가 마주친다
서로 다른 언어의 상상이 부딪힌다

상상 그 이상이 살아지는 일상에
사랑의 하모니가 울린다

동상이몽

학교 끝나고 돌아온 아이가 말한다
"엄마, 신호등까지 데려다주실 수 있어요?"

엄마의 말소리 어미가 살며시 올라간다
제아무리 무겁게 내린 더위라 할지라도
그 몇 걸음 함께 못 걸어줄까

계단 아래 내려간 아이가 말한다
"엄마, 이따가 배웅 나와 주실 수 있어요?"

신호등 앞에 선 아이에게 말한다
배웅은 함께 데려다주는 걸 말하는 거야
마중은 오는 너를 데리러 가는 걸 말하는 거야

신호를 건너는 아이가 소리친다
"엄마, 마중 나와 주세요"

엄마와 아들의 동상이몽은 계속 진행 중이다

소원

기억해 주세요

초원에 떠돌던 바람 따라
신비로운 색깔로 자연의 느낌을

풍겨주는 당신
아침 이슬을 전하는
풀꽃을 보며

부드럽게 미소 짓는 그대를
바라볼 때마다
아름다운 사랑의 추억을 가꾸며
저를 기억해 주세요

능소화를 아십니까

느린 여름 공기 속
하루하루 버티며
꽃이 피었노라
달콤한 품위를 지닌
너를 그리워할 때
땅속 깊이 뿌리내어
담장 밖으로
뻗은 가지가
머릿속을 달리며
매듭을 지어갑니다
마지막 더위가 끝날 무렵
그 이름만을

기
억
해
다
오

나의 마지막 소원은 바뀌지 않았다

내가 살아가는 유일한 이유이자
내 삶의 버팀목인 그분이 내 곁을 떠나시는 날
한날한시에 함께 떠나는 것이 저의 마지막 소원입
니다.

정확히 언제부터인지 모르겠지만, 동생이 군입대 한
이후 아버지가 넌 무슨 일을 하든 간에 누나를 보살
펴야 한다고 심리적 압박감을 준다는 사실을 알기
이후부터 줄곧 나의 마지막 소원은 그분이 떠나시는
날 한날한시에 함께 떠나는 것이었던 것 같다.

몇 해 전 우연히 나의 마지막 소원을 감지한 누군
가가 저에게 그런 말을 하더군요

그건 잘못된 생각이고, 저를 이만큼이나 살 수 있
게 해 준 그분에 대한 도리가 아니니 다시 한번
잘 생각해 보라는 그 말이 처음엔 그냥 어색했어
요.(여태껏 저에게 저런 조언을 해 준 사람이 없으
므로...)

그 조언을 들은 후
저 나름대로 생각을 바꿔보려고 했으나, 얼마 지
나지 않아 감당하기 힘든 일들이 연속으로 터졌고,
그 일들로 인해 심한 스트레스를 받게 되어 몸은
더 안 좋아졌고, 통증 부위는 점점 더 늘어나고만
있죠….
그러므로 나의 마지막 소원은 바뀌지 않았다.

더 솔직히 말하자면
무관심하고 나에게 한 톨의 애정조차 없는 가족들
이라 그분이 내 곁을 떠나고 나면 찬밥 신세일 게
뻔하고, 내 몸이 안 좋아지고 있다는 게 느껴지는

요즘 내 생각은 더 확고해졌다.

그분과 한날한시에 떠나는 게 모두를 위한 답이라고 생각하기에, 더불어 누군가가 짐이 되지 않을 수 있는 유일한 방법이라는 생각하기에 나의 마지막 소원은 바뀌지 않았다.

소원이 자라는 씨앗

깨알 같은 씨앗 하나를
조심스레 손에 쥐고
들릴 듯 들리지 않을 듯
작은 목소리로
나의 소원을 속삭여 본다

이 씨앗의 싹이 트고
푸른 잎이 무성하게 자라
커다란 나무가 되듯이

나의 소원도 커다란 꿈도
간절히 이루어지기를 바라

다음 해의 봄이 오면 꽃을 피우고
가을이 다가오면 열매를 맺듯이

소원을 먹고 자란 작은 씨앗처럼
나의 소원도
아름다운 결실을 보기를 바라.

소원이 바람에 실려

시원한 바람이 스치듯 살랑이는
어느 늦은 여름날
나의 소원을
바람에 실어 보낸다

나의 소원이
바람에 실려 날아가기를

아주 멀리 날아가서
저세상 끝에 닿기를

아주 높이 날아올라
저 하늘에 닿기를

너의 소원도 함께 이 바람에 실려
푸른 하늘 높이 날아가기를

너와 나의 소원을 실은 바람은
언젠가,
저 높은 하늘에 닿아
예쁜 꽃으로 피어나기를

별에게 소원을 빌어

은은한 별빛이 비친다
밤하늘의 별을 바라보며
나의 작은 소원을 빌어본다

별이 들려주는 이야기처럼
별 하나, 하나에도
누군가의 소원이 담겨있다

별빛이 전해주는 속삭임으로
가득한 밤의 하늘에는

어느 누군가의
수 많은 소원이들이 반짝거린다

이별(離別)

떨어지는 별을 보며 빌었던 내 소원 너의 행복,
그 소원이 이루어지던 날 우리의 하늘에서는 별이
떨어졌다.

나를 떠나야만 행복해지는 너를 위한 내 소원은 마
침내 이루어지고 말았다.

사랑과 이별의 문턱에서

늘 바라 왔던 사랑의 영원함을
늘 그래 왔던 이별의 문턱에서
아마, 우리가 아닌 너와 내가 되어 버리는!
그 아픔들의 순간을 너도 기억하고 있다는걸

늘 그래 왔던 사랑의 힘찬 노래를
늘 바라 왔던 이별의 진한 가사를
이번에는 좀 더 다를까 싶어,
입지 않던 옷을 집어, 쇼핑백에 담아본다

모순의 대명사

영원은 언제나
모순의 대명사로 작용했다
하여 더 이상
영원을 바라지 않는다

영원히 피노키오였다면
실체라도 있으니
원망할 수 있을 테고
우주를 관통하도록
늘어난 코가 보이니
속지 않을 터였다
그래 영원은
실체 없는 달콤한 거짓말

영원이
영원 그대로가 되는 것
끝이라는 두려움에 만들어진
방어적인 그 단어 영원이
무엇인가는 영원했노라, 하고
들려주는 날이 오는 것
그것이 내 소원이노라

영원이라도 영원하다면
한없이 어두운 이 세상
하루를 더 살아갈 용기쯤은
얻을 수 있을 텐데

새벽달

달이 되고 싶다
밤하늘의 달이 되고 싶다
네가 가는 밤길
가장 가까운 곳에 닿아
은은하게 머무는 달이 되고 싶다

이름 없는 쉼터

너의 바쁜 하루 사이에
내가 너의 쉼터가 되고 싶다

쉼터 옆에 작은 흔적을 남기고 싶다

하얀 벽에
너의 이름과 나의 이름을 쓰고
강아지 그림 하나 그리고 싶다

너의 바쁜 하루 사이에
웃음과 눈물 모두 담긴
너의 소리를 듣고 싶다

너의 바쁜 하루 사이에
기쁨과 슬픔을 하나씩
담을 그릇이 되고 싶다

상상 속 피어 난 소원

너를 지우는 방법

알약을 하나 삼킨다
슬픔을 하나 삼킨다

알약을 또 하나 삼킨다
알약과 알약 사이에
기억을 담아 삼킨다

약봉지를 구겨 삼킨다
너의 이름을 쓰고 삼킨다

나의 이름이 쓰인 알약과
너의 이름이 쓰인 기억을
하나씩

하나씩
삼킨다

아가미

바다에 가면 늘 해파리가 둥둥 떠 있었고 그것은 우리가 필요로 하던 첫 번째 망상. 꼬리에 걸린 그물을 끊어주고 손바닥에 가득한 비늘을 털어내면 눈앞으로 쏟아지던 하늘도 있었다. 입버릇이라 읽고 서러움이라 말하는 우리들의 뱃노래는 항상 새벽에 태어나 해가 질 때쯤 저물고…

서로의 머리칼을 만지면서 좋아해- 같은 말들을 입속으로 꼭꼭 삼키다가. 그거 알아? 옆구리가 간지러운 건 우리에게도 아가미가 있었기 때문이래. 빛이 저문 바다에는 그리운 누군가를 떠올린다던가 올록볼록 손에 걸리는 추억이라던가 버림받을 두려움이나 시리도록 푸른 절망 따위 없다.

따끔거리는 모래와 물고기의 잔가시 부옇고 촘촘
한 해무.

소라 껍데기에 귀를 대면 살 밑에서 아가미가 자라
나는 소리가 들린대. 바다의 피부에 고개를 숙이면
고래가 수면으로 올라와 숨을 쉬는 소리를 들을 수
있다. 단단히 배를 매어두면 영원히 같은 방향으로
헤엄칠 수 있을 것이다. 오래오래 도망쳐도 밀물이
우리의 발자국을 지울 것이다.

달이 뜨는 밤에는 맨발로 뛰쳐나가 빌자
무정한 신이시여, 사랑에 영영 기일은 없게 해주세
요. 신이시여, 사랑한다고 말할 수 있게 해주세요.
신이시여, 배고픈 사랑도 사랑이라면 이 기도를 들
어주세요.

늘 빛이 바랜 채 돌아오는 바다에 대고
반드시 죽지 않고 사랑할 거라 맹세해 주세요.

별을 담은 소원

하늘에서 빛나고 있는 별을 보며
소원을 빌었던 적이 있다.
아득하게 먼 곳 어딘가에서
쓸쓸하게 빛나고 있던 별이
나의 소망을 들어주지 않을까 하면서.

수많은 밤들을 보내며
원하고 또 바라왔지만
소원은 이루어지지 않는다.

간절함이 부족했던 것일까?
사실은 알고 있었던 걸지도 모른다.
이루어질 수 없다는 것을

단지 마음속에서 기댈 곳을 찾기 위해
별에게 말을 거는 것이라고.

호수의 달그림자

어느 날 문득
호수에 비친 달그림자를 보니
많은 별들 가운데서도
달만 혼자인 게 보였다.
저녁에 보면 항상 밝아 보이는 달도
실제론 보이지 않는 어두운 면이 있지 않을까.

항상 해가 지면 달이 뜨고
언제나 달은 그 자리 그곳에서
묵묵히 자리를 지키며 존재한다.
사람들은 달에게 소원을 비는 경우가 많은데
정작 달의 소원은 알지 못한다.

달은 누구에게 소원을 빌어야 할까?
매일 홀로 어두운 밤을 보내며
온 세상의 어둠을 밝혀주어도
주변엔 구름밖에 없는 달은
먹구름에 가려 빛을 잃어도
구름을 벗어나면 다시 빛이 난다.
그렇게 빛을 내며 역할을 끝낸 달은
내일의 어둠을 밝혀주기 위해
오늘도 고요함 속에서 잠이 든다.

상상 속 피어 난 소원

이사

품 안의 자식처럼
고이고이 손안으로 담는다.
이미 놀란 마음 진정시키려
조심조심 옮긴다.

있던 자리 기억으로
새로운 곳에서도
적응 잘하라고
흙과 함께 감싸 쥔다.

따뜻한 온기 때문에
시들까
발걸음을 재촉한다.

바람과 구름과 햇살을
잊을 수도 있겠지만
비바람 피하고 뜨거운 직사광선도
피할 수 있으니
어쩌면 더 많은 열매를
맺을 수도 있지 않을까?

새로운 곳에서는
사랑의 눈총,
무관심의 눈총,
애물단지 느낌의 눈총을
맞을 수도 있겠지만

이겨내고
이겨내어

노지의 토마토에서
베란다의 토마토로
거듭나길
바라본다.

나의 소원은

1부 : 갈래갈래 나누어진

아이가 자퇴하려고 한다며 한숨 섞인 옆집 언니의
전화를 받고 내 일처럼 한걸음에 달려갔다. 언니의
마음을 함께 하며 이야기를 듣고 있노라면 내 마음
도 같이 아팠다. 아이가 겪는 교내 분쟁에 대처 방
법을 알려주었다. 갈등 속에 엮여있는 다양한 관계
에 대해 적절한 대화법도 연습하며 잘 해결 되도록
우리는 문제를 해결해 갔다. 그렇게 어쩌고저쩌고
몇 날 며칠의 과정을 거쳐 아이는 자기 삶을 회복
하게 되었다. 언니도 암 수술 후, 남편과 소원해지
고 자녀에게 집중했던 자기 인생에 대해 하소연을
쏟아냈다. 어떻게 그 외롭고 힘든 날을 이겨내고

살아내었을까 감동하며 이야기에 함께 했다. 언니
가 네가 있어 힘이 되었다고, 고맙다고 말하면 그
걸로 족했다.

그렇게 많은 사람과 나의 마음을 나누고, 나의 시
간을 나누고, 나의 생활을 나누었다.

어느 날 보니 내가 갈래갈래 나누어져 있었다.
마음은 누더기가 되었고, 다리는 힘을 잃었으며, 머
리는 찌그러져 통증으로 진통제를 달고 살았다. 어
깨는 알 수 없는 바윗덩이들이 올라가 있었고, 내 삶
은 뭉개져 물에 만 밥 한술 뜰 힘조차 소멸되었다.

내 곁에 머물던 수많은 사람은 다 어디로 갔을까?
콩나물시루처럼 빽빽하던 그 많던 사람들은 보이
지 않았다. 한달음에 달려갔던 그 많았던 언니들과
동생들은 저 살기 바빴다. 내가 갈래갈래 나뉘어
있는 것을 못 보는 것 같았다. 서운함과 서러움은

미움으로 바뀌고 그 마음은 재빠르게 자책으로 변하여 나를 공격하고 있었다.

반쯤 벗겨진 두통약과 물 잔 옆으로 초파리가 날리는 싱크대를 보며 하염없이 눈물이 흘렀다.

삶이 나를 버린 건지, 내가 삶을 버린 건지, 순서를 알 수 없는 원망들을 어디다 놓아야 할지 몹시도 곤란하여 황망한 마음을 어찌할 바를 몰랐다.

세상에 바보도 이런 바보가 없어, 천치도 이런 천치가 없지, 상 등신이야. 이런 반푼이가 또 있을까, 난 왜 이럴까

난 왜 이럴까

난 왜 이럴까

내가 왜 이런지 도저히 알 수 없었다.

그저 마음 편하게 좋은 사람들과 좋은 마음으로 서로 도우면서 평안하게 살고 싶었다. 내 소원은 그저 무탈하게 아픈데 없이 그렇게 살고 싶었다. 이 작은 소원이 이렇게도 큰 욕심인가.

주먹으로 가슴을 치며 주저앉아 어린아이처럼 펑
펑 울어댔다.

엄마가 보고 싶었다. 아니 엄마를 원망했다. 왜 날
이렇게 낳았냐고, 왜 날 이렇게 살도록 버려두었냐
고, 왜 날 버렸냐고 눈물에 원망을 숨겨 꺼이꺼이
쏟아냈다. 그마저도 누가 볼까, 걱정하며, 행여 엄
마가 알고 상처받을까 불안해하며 눈물인지, 원망
인지, 걱정인지 모를 것들을 쏟아냈다.

2부: "엄마, 또, 언제 와?"

오래전 가족이 헤어져 나와 남동생은 아빠와 살고,
여동생은 엄마와 살았다. 집 전화만 있던 시절이라
소식도 모르고 살다가 고등학교 1학년 때, 학교 마
치고 집에 와보니 엄마가 설거지하고 있었다. 꿈을
꾸는 듯 믿기지 않았다. 엄마는 처음부터 거기 있
었던 사람처럼
"어~ 학교 잘 갔다 왔니?"라고 했다.

나도 우리가 헤어져 본 적 없는 것처럼 "응'이라고
말했다. 몇 년 만인지 헤아릴 수도 없는 시간을 지
나왔건만. 어제까지 계속 먹어온 것처럼 익숙하게
엄마가 해준 밥을 먹었다. 너무도 익숙하게, 소름
끼칠 만큼 태연하게.

다음 날 엄마는 떠났다.
우리는 언제 만나는지, 엄마 아빠는 왜 헤어졌는지,
엄마는 또 언제 오는지….
엄마를 만나면 하고 싶었던 수많은 말들을 꾸역꾸
역 집어삼킨 미련한 것.
마치 이렇게 태연하게 있으면 내일도 엄마 밥을 먹
을 수 있을 거란 기대를 하며,
한 마디라도 말을 꺼내면 이 행복이 와장창 깨질까
봐 두려워
한 마디라도 말을 꺼내면 누구라도 울다 울다 이
아까운 시간들 눈물로 보낼까 봐.
엄마가 해준 따뜻한 밥 한 모금 못 삼킬 것 같아서

그렇게 말 대신 밥을 삼켰는데 엄마가 떠났다.

"엄마 또 언제 와?" 그냥 툭 꺼내보기라도 할 걸 그 랬나 봐, 아니 절대 떠나지 말라고 붙잡고 학교를 가지 말았어야 했어. 나를 탓하고 탓한다.

기약 없는 이별에 무너진 마음은 작은 상자에 꾹꾹 눌러 담고 자물쇠로 꼭꼭 잠그고 커다란 바위로 덮 어버렸다.

3부: 나의 어둠

이렇게 내 생애 숙제는 엄마에 대한 애정결핍과 이 별에 대한 외상으로 점철되었다. 몇 년 간의 심리 상담을 받고, 하나 둘 나의 생애 숙제를 조금씩 하 나씩 해결하고 내 삶도 건강을 찾아갔다.

내가 무엇을 좋아하는지,

내가 무엇을 잘하는지,

나의 애정결핍이 얼마나 뜨거운 사랑으로 타인에 게 다가가는지,

이런 마음이 나에게도 상대에게도 얼마나 무서운 것인지도 알게 되었다.

내 마음에 들어가 커다란 바위를 덜어내고, 뽀얀 먼지가 가득 쌓인 상자의 자물쇠를 열었다.

어둠에 묻혀있는 내 작은 마음을 꺼냈다.

그토록 캄캄한 곳에 혼자, 오래 두었던 것이 너무나도 미안하여 쓰라렸다.

어둠은 오히려 나를 위로했다. 버리지 않고 마음 한구석에 보관해 두어서 고맙다고, 언젠가 네가 꼭 찾아와 줄 거라고, 와줘서 기쁘다고, 많이 기다렸다고….

어둠은 내가 아무리 꾹꾹 누르고, 숨기려 애쓰고, 외면해도, 그렇게 내 삶 구석구석에서 함께 하고 있었다. 나는 오해를 풀고, 우리는 화해했다.

나의 어둠은 당당하고 굳건해졌으며 내 삶은 강한 어두움으로 더욱 빛나기 시작했다.

실패가 두렵지 않았다. 이런저런 새로운 도전들 시도했다. 낯선 사람과 만남, 처음 시작하는 야외 스케치, 어렵기만 한 디지털 그림, 책도 쓰고, 잘 못하

지만, 제안도 수용해 보고 새로운 도전에 하루하루
가 즐거웠다.

4부: 나의 소원은

내 상처가 아물어가자, 엄마가 보이기 시작했다.
여리고 어린아이가 세상을 헤치고 엄마가 되고, 나
를 살려내고, 자식을 생각하며 고난과 수모를 넘어
삶을 이어온 역사가 보이기 시작했다. 원망은 그리
움으로 바뀌고 그리움은 소중하게 간직하고 싶은
마음으로 변해갔다. 이제 나의 소원이 더욱더 분명
해졌다.
엄마가 살 집을 알아보고 용감한 대출을 끼고 엄마
이름의 집을 장만했다. 엄마를 모셔 왔다. 그 어린
시절 젊고 예쁜 엄마는 나랑 똑같이 나이를 먹어
할머니가 되었다.
일을 마치고 엄마가 있는 우리 집에 갔다. 5시간 운
전 길에 콧노래가 절로 난다. 고속도로에서 창을 열

고 환호성을 외쳐본다. '엄마 금방 갈게, 나 배고파'
엄마가 해준 우거지 된장국에 호박잎을 쌈 싸 먹는다.
어제도 여기서 밥을 먹은 것처럼, 그동안 아무 일
도 없었던 것처럼 꿀맛 같은 엄마 밥을 먹었다. 엄
마가 생글생글 웃는다. 터질 것 같은 가슴을 진정
시킨다. 행복해서 죽을까 봐.
이제 나도 엄마가 있다. 우리 집에 엄마가 있다.

우리의 소원은?

우리에겐 다양한 소원이 있어요
가족의 건강, 안정적인 직장

우리에겐 다양한 소원이 있어요
친구들 사이 불화, 나쁜행동 절제

우리에겐 다양한 소원이 있어요
나쁜마음, 기쁜마음, 슬픈마음 등
다 함께 나누고 싶은 소원말이죠

소원

어렸을 때는 장난감을 가지는 게 소원이었다

더 컸을 때는 성인이 되어보는 것이 소원이었다

이후에는 직장에 합격하는 것이 소원이었다

더 많은 돈을 벌기,
이런저런 기준으로 성공하기,
이런저런 것들 이루기

지나오면 코웃음칠만한 것들이겠으나
내 어린 시절의 소원이 하나 둘 이루어져

오늘날의 내가 존재함을 간과하지 말자

1# 별이 보이는 마을

"지구야, 엄마는 말이야 지구처럼 아주 어렸을 때 별이 보이는 마을에서 살았어."

어린 지구가 엄마의 말에 대답했다.

"엄마, 그러면 엄마가 살았던 마을에서는 별이 가득했어?"

엄마는 어린 지구에게 살며시 미소를 지으며 말했다.

"그럼~ 엄마가 살았던 마을에서는 별이 가득했지."

어린 지구는 반짝이는 눈동자로 엄마에게 다시 대답했다.

"엄마! 나도 나중에 크면 별이 보이는 마을에서 살래!"

엄마는 어린 지구의 마음을 알고 있다는 듯, 고개를 끄덕였다.

-

내가 5살 꼬마였을 때 어렴풋이 기억나는 엄마와
의 대화를 기억한다. 그러나 지금의 나는 별이 보
이는 마을에서 살지 않는다.

별이 가득한 곳에서 산다는 것은 행복일까, 우연일까.
그것도 아니라면 불안일까.

'엄마, 나를 왜 낳았어?'

어렸을 적에는 엄마의 손길 하나하나, 엄마의 품속
에서 따뜻했던 내 마음을 기억한다.

그러나 지금의 나는 마음속에 엄마는 존재하지 않
는다.

"우주야. 우리 작은 마을에서 살래?"

대뜸 솔훈이 말했다.

솔훈은 나와 결혼 할 남자다.
솔훈은 대학교에서 만났던 나의 하나뿐인 작은 친

구이자 나의 배우자이다.

그곳에서 왜 살자고 하는지 그곳에 혹시나 별이 많은지 바다가 존재하는지 궁금했다.

내가 물었다.

"솔훈아, 혹시 그곳에 별이 많아?"

솔훈은 곰곰이 생각하다 고개를 끄덕였다.
내 마음을 모르는 듯 바다가 예쁘다고 말했다.
나는 솔훈이 서울을 떠나 작은 마을에서 왜 살자고 하는지 이유를 묻기도 전에 '미안해.'라고 대답했다.

솔훈은 고개를 갸우뚱하며 '왜?'라고 물었다.

나는 차마 엄마 때문이라는 말을 하지 못한 채
"나는 서울이 좋아."라고 단순하게 대답했다.

솔훈은 계속해서 나를 떠보았지만 나는 여전히 고개를 좌우로 흔들며 미안하다는 대답뿐이었다.

솔훈은 그런 내 단호한 모습에 놀란 듯 놀라지 않으며 더 이상의 이유를 묻지 않았다.

"미안해."

솔훈은 웃으며 괜찮다고 대답했다.

나는 별이 싫고 바다도 싫다. 이유는 엄마다.
엄마가 살았던 동네는 바다가 크고 별이 많았던 곳이었다. 그리고 멀지 않아, 엄마와 나는 이별했다.
그곳에서. 엄마가 살았던 동네에서. 더 이상 엄마는 그곳에서 살지 않는 곳에서.
여전히 그때를 생각하면 마음이 저릿하게 아파온다.

"솔훈아."

내가 솔훈에게 대답했다. 우리는 같은 집에서 산 지, 1년이 조금 넘었다. 솔훈은 나를 동그랗게 쳐다 보며 궁금하듯이 물어보았다.

"왜?"

나는 말했다.

"왜 나랑 그곳에서 살고 싶은 거야?"

솔훈은 빙그레 웃으며 대답했다.

"그야, 너랑 같이 더 아늑한 곳에서 이사 하고 싶었어. 우주 너는 별이 가득한 마을에서 살고 싶었으니까."

나는 놀랐다.

솔훈이에게 내 과거의 마음을 말한 적이 없었으니까. 그리고 솔훈은 옛날의 내 꿈을 보여준 적이 없었으 니까.

나는 별이 가득한 마을에서 살고 싶었다.

별은 아주 작은 나를 보호해 줄 것만 같아서.

그래서 밤이 좋았다. 모두가 자는 밤은 내게 속삭 이는 것만 같아서. 밤은 늘 항상, 나에게 아파도 괜찮다고 말해주고 있었으니까.

나는 놀라며 솔훈에게 대답했다.
"솔훈아, 너 어떻게 알았어?"
솔훈은 지그시 나를 쳐다보며 내게 말했다.
"우주야, 나 알고 있었어."
"어떻게 알아?"
"네가 꿈에서 찾았으니까. 네가 그토록 찾았으니
까. 그리고 너는 기억에 없겠지만 예전에 나하고
술 마시다가 엄마 이야기했었어. 그래서 별이 보이
는 마을에서 살고 싶다고 말한 거야."
"내가…?"
"응."

솔훈은 그동안 말하지 않았던 건 내가 많이 아파 보
였기에 말하지 못했던 거라고 했다.
나는 그동안 말하지 않아서 미안하다고 말했다.
솔훈은 웃으며 괜찮다고, 해주었다.

"솔훈아."

"응?"

"나, 사실 엄마가 나를 버렸어.
아주 어렸을 때였지만 나는 기억해.
그토록 붙잡고 애틋하게 가지 말라고 했는데도 엄
마는 갔어 버리고 갔어.
엄마가 왜 엄마의 고향에서 나를 버렸는지는 나도
모르겠어. 그런데 그것만은 알아.
엄마는 결국 떠날 사람이었다는 거."

울고 있는 나를 솔훈은 껴안아 주었다.
'괜찮아, 괜찮아.'라며.

어제의 기억이 없다. 내가 솔훈이와 함께 술을 마
셨던 것만이 기억난다.

불안한 마음을 앉으며 솔훈이에게 전화했다.
"우주야?"

내가 물었다.

"솔훈아, 혹시 어제 나 기억이 하나도 안 나. 나 너한테 뭐 실수한 거 있어?"

솔훈은 고민하듯 '아니.'라고 말했다.

2# 꿈

"우주야."

"응."

"우주, 너는 엄마하고 재회하고 싶은 생각 있어?"

솔훈이 조심스럽게 물었다.

나는 말했다.

"응."

솔훈이는 이유를 물었다.

나는 웃으며 대답했다.

"이제는 볼 수 없는 존재지만 엄마한테

물어보고 싶어."

솔훈은 궁금하듯 물었다.

"뭐라고?"

나는 말했다.

"엄마는 무엇이 그토록 힘들었냐고 물어보고 싶어.
뭐, 이제는 만날 수도 없어서 물어볼 수가 없겠지만."
솔훈은 나 대신 많이 울어주었다.
솔훈은 말했다.
"우주야, 우리 결혼하자. 얼른 결혼해서 내가 널 지
켜줘야겠어."
나는 웃었다. 농담이 아니었겠지만, 많이 웃었다.
고개를 끄덕이며 솔훈이에게 '그래.'라고 말했다.

"우주야."
엄마가 나타났다. 이건 분명히 꿈이라고 생각했다.
"엄마, 왜 나를 버렸어?"
엄마는 말했다.
"너를 버리고 싶어서 그런 게 아니야."
"그러면 뭔데?"
"우주, 너를 사랑 했는데 어쩔 수가 없었어."
"이유가 뭐냐니까?
엄마, 나 너무 보고 싶어. 엄마가 너무 보고 싶어."

씩씩대며 울고 있는 나를 아침부터 깨운 건 다름 아닌 솔훈이었다. 나는 깨어나서 솔훈이를 꼭 부여잡았다.

"솔훈아, 솔훈아. 너는 나 버리지 않을 거지?"

"응."

안타까워하고 있는 나를 솔훈은 '사랑해.'라고 말해주었다.

아무것도 달라진 것이 없고 아무것도 나를 지켜줄 수 있는 것이 없는 이 현실에 무너진다. 나를 보호해 줄 수 있는 곳은 어디에도 없을까?

"솔훈아, 우리 이사하자."

아침부터 대뜸 분주하게 짐을 챙기고 있는 우주를 보았다. 나는 우주에게 어떠한 말도 하지 않은 채 함께 짐을 챙겼다.

그리곤 KTX를 타고 고속버스를 탔다.

그곳은 내가 우주와 함께 살고 싶었던 곳을 가는

중이었다.

"솔훈아, 미안해."

"괜찮아."

우주의 마음이 편안해진다면 나는 괜찮다.

나는 우주를, 우주의 마음을 지켜주고 싶으니까.

-

도착한 곳은 행성동.

나와 우주는 행성동에 도착했다.

-

"솔훈아. 우리 이제 여기에서 사는 거야. 이곳은 별
이 아주 많고 바다도 있어."

솔훈은 미소를 지으며 말했다.

"그래."

"밤하늘 좀 봐, 별이 너무 예뻐."

솔훈이에게 말했다.

"그러게. 우주의 꿈을 이루었네."

"응."

나는 이곳에 온 이유를 모른다. 내가 저지른 사고

였지만 엄마를 찾기에 많은 시간이 지났다.

나는 엄마를 찾을 수 없었다. 긴 시간이 지났는데도.

"우주야."

"응?"

"나는 소원이 있어."

솔훈이에게 소원이란 무엇일까.

나는 궁금한 눈초리로 물었다.

"뭔데?"

솔훈은 대답했다.

"엄마를 잊어줄래?"

나는 놀랐다. 왜 그런 말을 하느냐고 물었다.

솔훈은 대답했다.

"내가 너의 공허한 부분을 채워주고 싶어."

#3 마지막, 그리고 사랑.

"솔훈아."

우주가 솔훈에게 말했다.

"응."

알고 있다는 듯, 솔훈은 대답했다.

"솔훈아, 나는 엄마를 잊을 수 없어. 네가 아주 좋은 사람이라는 걸 알고 있는데도. 너는 나에게 아주 좋은 사람이야. 내가 엄마를 잊을 수 없는 건, 어쩔 수 없기 때문이 아닐까? 나는 결국 그렇게 잊지 못할 사람일거야. 그런데도 괜찮아. 이제는 상관없어."

솔훈은 의외라는 듯 우주에게 물었다.

"상관없다면 이제는 다 괜찮다는 거야?"

"응. 다 괜찮아졌어. 엄마는 별이 빛나는 만큼 그 시절에 아주 좋았던 사람으로 기억할래, 이제."

나는 엄마를 잊을 수는 없지만 결국에는 모든 걸 용서했다. 솔훈이에게 그리고 나를 위해서.

별이 빛나는 마을에서, 별이 보이는 마을에서 산다는 건 어쩌면 행운이지 않을까.

나는 그런 행운인 사람이었을 것이라 생각한다.

작은 소원

저의 소원은
눈에 띄지 않을 만큼
두 손 모아 지켜야 할 만큼
작습니다.

그러나 별이 작다 하여
빛이 작다는 것이 아니듯,
봉우리가 작다 하여
꽃이 작다는 것이 아니듯

저의 소원도 작다 하여
마음이 작다는 것이
결코 아니랍니다.

당신의 안온을 비는
이 작은 소원에서 전해지는
간절한 마음은
눈에 띄지 않을 수 없을 만큼
두 손에 잡히지 않을 만큼
커다랍니다.

나의 소원은 주변에
선한 영향력을 끼치는 삶

저마다 소박한 소원이 있는 듯 하다. 무언가 이루
겠다는 소원을 통해서 우리는 내일을 살아가 원동
력을 얻을 수 있다. 지금 글을 쓰는 나에게 찌는 듯
한 폭염과 열대야로 빨리 이 무더위가 가고 선선한
가을이 왔으면 하는 소원을 가지고 있다. 비가 온
오늘도 푹푹 찌는 더위가 나를 힘들게 하고 있다.
여름이라서 쉽게 지치는 듯 하다. 그런 시간속에서
도 나만의 콘텐츠를 만들기 위해서 자기계발과 공
부를 지속하고 있다. 여러번의 투고와 우여곡절 끝
에 한 출판사와 인연이 되어서 출간 계약을 하고
원고를 쓰고 있다. 담당 편집자가 배정되고 교신을
하면서 완성도 높은 책을 만들기 위해서 노력 중이
다. 어제 철지난 넷플렉스의 시리즈 물이 셀러브리

티라는 드라마를 보았다. 인스타에서 셀럽들이 벌이는 관종에 대한 이야기 였다. 문득 인스타를 키우고 싶다는 생각이 들었다. 인스타의 팔로워들의 숫자로 인해서 나의 가치가 매겨지는 시대인 듯 하다. 책쓰는 작가도 평소 SNS를 통해서 나의 찐팬들을 많이 확보해야 출간에도 용이하다는 사실이다. 아직 인스타라는 플랫폼에 익숙하지는 않다. 유명해지면 무슨짓을 하든 대중들은 반응한다고 한다. 나는 책을 쓰는 작가이다. 물론 아직 인지도가 많지는 않는다. 나를 모르는 사람들이 더 많은 듯 하다. 이제 부터라도 나를 세상에 알려야 한다. 많은 책들을 쓰고 강의를 하면서 대중들에게 나라는 존재가 있다는 것을 드러내야 한다. 유명해지고 싶은 마음은 다들 있는 듯 하다. 하지만 그 인기라는 게 참 거품같은 걸 거라는 생각이 든다. 어쩌면 허상을 좇는게 아닐까 하는 생각이 든다. 한순간의 안개같이 걷히면 사라지는 것이다. 인기보다 나라는 사람의 진정성과 솔직함을 드러내고 싶다. 대중과의 책을 통한 소통은 공적 메시지를 전하는 작업이다. 책이라는 매개체도 영향력이 있다. 나의 책이 발없는 명함으로서 전국을 돌면서 열일을 하고 있다. 나를 알리는 분신 같은 존재이다. 그러므로 한 권의 책을 내는데 신중함과 책임감과 부담감을 작가는 어깨에 짊어지고 원고 작업을 해야 한다. 내가 쓰는 메시지에 민감하게 반응할 독자들을 생각하고 염두에 두어야 한다. 작가는 독자와의 상호작용으로 존재하는 이다. 그러기에 독자들의 피드백에 주의를 기울여야 한다. 가끔식 내가 유명 작가면 얼마나 좋을까 하는 소원을 가지게 된다. 내가 쓴 책들을 한권씩 사람들이 손에 쥐고 있고 나의 출간 기념회에 수많은 팬들이 운집해서 나를 기다리는 엉뚱한 상상을 하게 된다. 그런 소원을 가지면서 오늘도 더운 여름밤에 자판을 두들기며 있다. 나를 쓰게 하는 원동력은 독자들의 사랑과 관심이다. 글이라는게 읽히지 않는다면 서랍속에 고히 간직한 메모장에 불과할 것이다. 하물며 연예편지도 독자가 존재한다. 이세상에 하나뿐인 나의 사랑하는 이가 대상이다. 나의 책이 얼마만큼 많은 영향력을 지니면서 독자들의 심금을 울리고 있는지 가늠할 수는 없지만 나는 내가 전달하고자 하는 메시지가 전해졌다면 나의 소임을 다했다고 생각한다. 사실 작가도 자신의 책이 많이 팔리고 많은이들이 읽어서 파급력을 가지기를 희망한다. 하지만 그게 사람 마음대로 되는건 아닌 듯 하다. 좀더 탄탄하고 가치있는 콘텐츠를 생산하기 위해서 준비하고 노력하는게 작가가 해야 할 일인 듯 하다. 그를 위해서 오늘도 글을 쓰면서 연구를 하고 있다. 나의 소원은 나의 글들로 인해서 잠시나마 더운날씨에 청량음료를 마시며 갈증을 해소하며 시원함을 느끼는 개운함을 독자들이 느꼈으면 한다. 이를 위해서 오늘도 나는 쓰고 있다. 글마법사가 되고 싶다. 예전에 보던 반지의 제왕의 간달프와 같이 나의 글들이 마법을 부려서 많은이들에게 즐거움과 기쁨을 선사했으면 하는 소박한 바람을 가지고 있다. 그를 위해서 지금도 자판을 두들기고 있다. 하루아침에 되지는 않을 거다. 우리의 소원은 통일처럼 남북통일보다 이루어지기 어려운 것일수도 있다. 하지만 그런 이상향을 가지고 우리는 하루하루 앞으로 나아가는 거다. 어제와는 조금은 성장해 있을 나를 그리면서 내일을 향해 나아가는 거다. 얼마전 컨설팅을 받았다. 내 블로그의 글들이 별로라는 조언이었다. 심금을 울리지 않고 끝까지 읽고 싶게 만들지 못한다는 혹평이었다. 한시간 가량의 피드백을 듣고 사실 기분이 별로 좋지는 않았다. 내심 니가 뭔데 나의 글에 충고질 지적질이냐는 반발심이 생겼다. 하지만 이내 그래 지금 나는 비록 부족하고 아직은 미완성이지만 나는 매일 조금씩 발전하고 있다는 사실을 기억하며 한걸음 한걸음 나아가고 있다는 걸 기억하고 있다. 처음부터 잘하는 사람은 별로 없는 듯 하다. 다 첫 시작은 어설프고 보잘 것 없어도 꾸준히 잔잔하게 하다보면 언제가는 사람들이 나를 알아줄 날이 올거라고 생각한다. 그런 소원을 가지고 매일 지속해서 나아가는 거다. 내 블로그에 이웃이 만명이 되어서 내가 셀럽으로 많은이들이 나에게 글쓰기를 배우러 오는 모습을 소원하면서 매일 지속해서 해 나가는 거다. 도둑질도 하면 는다고 한다. 글쓰기도 매일 일정분량의 글을 계속해서 쓰다보면 늘게 된다. 그걸 나는 몸소 체험한다. 그래서 기회가 되면 많은 곳에 공모전에도 참여해보고 공집의 장에도 나의 글을 노출시키려고 노력하고 있다. 지금 참여하는 공집에도 글을 꾸준하게 실을려고 하고 있다. 첫술에 배부를수 없다. 지속해서 글을 쓰려고 한다. 매일 일기를 쓰고 있다. 하루의 일상에서 나에게 와 닿는 순간들을 기록하는 거다. 그러면서 나의 생각과 내면을 정리할 수 있다. 언제가는 글마법사라는 애칭처럼 나의 글의 마법에 사람들을 홀리게 할 그 날을 소원하면서 나는 글을 쓰고 있다. 매번 공모전에 나가서 입상을 할 수는 없다. 하지만 시도하는 그 노력이 나를 더욱 발전된 내일의 모습으로 이끌어 줄거라고 나는 확신한다. 가끔식 사람들은 글쓰기는 타고나야 한다는 말들을 많이 한다. 하지만 자신의 피나는 노력과 각고의 훈련으로 후천적으로 개발 될 수도 있다고 나는 생각한다. 물론 신이 내려준 재능이란게 무시할 수는 없지만 그 탈란트도 자신이 개발하지 않는다면 무용지물이 될거라고 생각한다. 나의 소원은 내가 좋아하는 글을 꾸준히 쓰고 싶고 나의 글을 통해서 많은 사람들에게 선한 영향력을 끼칠 수 있는 내가 되는 것이다. 누군가 한 사람이라도 나의 글에 반응하면서 위로가 되고 내일에 희망을 줄 수 있다면 나는 그걸로 족하다는 생각을 하게 된다. 그걸 바려면서 오늘도 시간을 내서 노트북 앞에 앉아서 자판을 두들기고 있다. 어렸을적 문예반에서 끄적이던 기억이 난다. 선생님의 가르침을 받으면서 숙제도 하고 수업도 들으면서 알아가던 재미가 있었다. 나름 문학소년 이었던 나는 첫시간에 작문숙제를 하고 다음시간에 제출했는데 빨간색으로 잔뜩 첨삭이 된 원고지를 보면서 글쓰기에 대해서 조금씩 알아가던 시간이 있었다. 그때에는 참으로 순수했던 나였다. 물론 그게 선생님의 나를 향한 자상어린 애정넘친 가르침이었지만 어린나이에 상처가 될 수도 있었다. 내 글이 별로인가 하면서 주춤했던 기억도 난다. 하지만 나는 선생님의 조언을 받아들여서 다음 글쓰기에 반영했고 점점 나의 글을 조금씩 나아지게 되었다. 성인이 되어서도 글쓰기관련 책들을 꾸준히 읽으면서 나름 열심히 써왔던 것 같다. 그래서 전자책도 많이 내었고 지금 종이책 원고를 작업중에 있다. 글쓰기를 하면 내면이 정돈되다는 느낌이 든다. 머릿속에 파편화된 이론들이 일률적으로 정리가 된다는 장점이 있다. 아울러 나라는 사람의 내면에 대해서 좀더 체계적으로 접근할 수 있다. 내적 치유도 일어나게 된다. 글쓰기를 하면서 속상했던 일들을 쏟아내면서 나름 아물어가는 모습도 보게 된다. 독서를 하면서 다양한 지식들을 얻고 이를 바탕으로 글쓰기를 하면서 아웃풋을 한다. 하나의 책으로 내면서 독자들에게 나의 지식을 통해서 안내자가 될 수 있다. 이런 지식의 정교화 작업을 꾸준히 반복하면서 우리는 좀더 성숙해 나아가는 길이다. 이런 지식의 성숙화 작업에 달인이 될 수 있기를 바란다.

노파의 단꿈

주름진 손으로 초롱 문을 연다
고생과 노력으로 만든 세월
얼마나 비통했고 얼마나 간절했던가
염원으로 초롱 정원을 가꾸었다

악몽 하나에 풍등 하나를
그렇게 몇 개나 날려 보냈나
눈물이 흐르지 않기를 기도했다
이제 나의 마지막 초롱을 날릴 때이다

영겁 같은 세월이었다
악몽이 어려워 초롱을 피웠고
악몽을 알기에 풍등을 날렸다

떠나지 않는 근심으로 몸을 넌다

어두운 밤 나의 소원은 어디에 닿을까
번지는 시야로도 느껴지는 밤하늘의 별빛
악몽을 걱정하지 않아도 되겠다
이제는 안심이 된다

상상 속 피어 난 소원

악몽이 끝날 때까지

길게 뻗은 검은 손
가락가락이 기괴하게 꺾여
소녀를 위협한다

공포 어린 눈동자, 가쁜 숨통
어둠으로부터 달아나며 바란다
제발 살려줘!

다섯 갈래 갈퀴가 덮치는 순간
두 눈을 질끈 감는다
제발!

간절한 소원을 향한 화답일까
감은 눈 너머로 푸른 불빛이 느껴진다
조심히 눈을 뜬다

아이야 겁먹지 마라
저것은 그림자
나의 작은 불빛에도 사그라지는 허상

아이야 나와 함께하자
우리가 어둠을 쫓으면
너의 소원도 이루어질 거야

소녀는 도깨비불을 품에 안았다
작은 불꽃은 점점 거대해진다
지하에서 지상까지

밤하늘이 밝아지도록
이 땅의 악몽이 사라지도록
간절한 소원이 빛난다

상상 속 피어 난 소원

여명

빌어먹을 할망
작은 초롱이 살아가기 험한 세상
내 한 몸 건사하기 버거운데
허구한 날 부탁투성이다

미련한 할망구
제 몫의 초롱불마저 날려 보낸다
누가 그런다고 알아주나
노인네의 한물간 주책이야

당신이 아무리 기도하고
나를 소원이라 불러도
큰바람 앞에 하찮을 존재일 뿐
아니 그전에 내가 왜?

나는 당신의 초롱이야
작은 정원에 있을 거야
날 풍등에 싣지 마
당신에게는 내가 필요해

내가 이렇게 말해도
당신은 내 소원을 등지겠지
결국 날 버렸어
나도 당신의 소원을 불태워 버릴 거야

작은 풍등은 바람 타고 저 멀리 날아간다
저만큼 떠올랐으면 꺼질 법도 한데
저 등불만은 오히려 더 푸르게 빛난다
그래 마치 도깨비불처럼

본인이 실린 풍등마저 태운 불꽃은
밤하늘의 한구석을 밝히다가
울고 있는 소녀를 보고 말았다

이것을 위함이었나 할망
당신 정말 나쁘다
져주는 건 이번 한 번이야
진짜 다신 없을 거야

푸른 불꽃이 타오른다
소원이 저 하늘에 닿도록
어두운 밤에서 깨어날 시간이다
눈을 뜨면 소원이 이루어져 있을 거야

이별 소원

하얀 국화 속
온화한 당신의 미소

감히 받을 수 없는 사랑을
선물해 주시던
내 기억 속 가장 아름다운 당신

이제는 다시 볼 수 없고
만날 수 없음에
마음 한쪽이 부서져 내려

나는
당신의 사랑을 영원히
보내 줄 수 없어요

준비 안 된 이별이
눈물로 그리움 되어 흐릅니다

당신이 웃어주던 그 미소가
당신이 불러주던 그 목소리가
이제 내게 올 리 없는 데도

아름다웠던 당신을
그리워하며
또 그리고 그립니다

하늘로 돌아가
아름다운 별이 된 당신

부디
그곳에서 행복해 주세요

소원이 뭐예요?

- 소원,
어떤 일이 이루어지기를 바람. 또는 그런 일.

"자기는 소원이 뭐야?"

소재에 관한 질문이었다. 소원이라는 단어를 생각
해서 예쁜 글을 쓰고 싶었는데 너무나 막연하고 또
막연한 단어같이 느껴져서 같이 사는 짝꿍에게 물
어봤다. 평소 우리는 친구들이랑 흔하게 이런 대화
를 가볍게 나눈다.

"지니의 램프 요청처럼 누가 나타나서 소원 세 가
지를 말하라고 하면 뭘 말할 거야?"

"그럼 로또 번호 알려달라고 해야지."

"돈벼락 맞게 해달라고 해야지."

정말 너무 흔하게 그리고 나조차도 로또 되게 해달
라고 말한다. 물질 만능주의라는 그 흔하디흔한 글
에서 나오는 단어 그리고 그에 젖어 살아가고 있다
는 반증이겠지. 무언가를 바라고, 원하는 것을 말한
다는 단어 그 자체가 주는 깊은 울림과 뜻에 비해
실제 우리가 쓰는 저 단어에 대한 사용은 참 세속
적이다. 그래서 다시금 이 단어에 대해 생각해 봤
다. 그리고 내 진짜 소원이 뭔지 진지하게 고민을
시작했다. 정말로 지니가 내게 나타나서 딱 한 가
지 원하는 것을 무조건 이뤄준다고 할 때 나는 과
연 어떤 소원을 그에게 말할 것인가.

그리고 그 이후 짝꿍에게 질문을 했고 그 답이 나
와 똑같다는 사실에 또 한 번 놀랐다. 역시 너와 나
는 같은 생각을 공유하고 같은 마음으로 삶을 살아
가는 게 맞았다.

"사랑하는 우리 가족들이 아프지 말고 건강하게 잘 살면서 행복했으면 좋겠어."

나에게 있어서 가족은 내 정체성 그 자체다. 엄마 아빠 그리고 남동생까지 우리 넷은 다르지만 서로 너무나 닮았다. 남동생 친구 중 하나는 언젠가 우리 집에 놀러 와서 같이 밥을 먹고 놀다가 갔는데 친구들한테 이렇게 말했다. "김OO(동생 이름)네 집에는 김OO가 넷이 있어!"

그리고 결혼해서 또 다른 가족이 된 남편 그리고 시엄마까지 한데 똘똘 뭉쳐 내 마음속에 가족이라는 존재는 시간이 지날수록 더욱 단단하고 견고하게 뿌리내렸다. 세상 모든 사람이 내게 등을 돌려도 우리 가족만 있다면 겁날 것이 없다. 회사에서 힘든 일이 있어도 인간관계에서 속상함을 겪어도 외부에서 큰 자극을 받아도 상관없다. 내가 돌아갈 곳 우리 가족의 품이 있으니까.

상상 속 피어 난 소원

내게 가족은 이런 존재기에 유일한 소원은 가족들의 건강과 안녕이다. 거창한 무언가가 아녔다. 하지만 우리는 소박하고 또 소박하지만 의외로 이 소박함이 어느 순간 자의가 아닌 그 무엇으로 깨어진다는 것을 잘 알고 있다. 그리고 나는 그 언젠가 다가올 순간이 참 두렵다는 걸 스스로 깨달았다. 얼마 전 가족의 죽음에 대한 글을 읽었다. 부모님과 이별하는 순간이 다가오지 않을 먼 미래의 여느 순간처럼 느껴왔지만, 그 순간이 불현듯 찾아올 수 있다는 것을 깨달았다. 그리고 생각보다 내가 그 언젠가를 두려워하고 있다는 것을 느꼈다.

돈을 많이 벌고 싶다는 소원은 이루기 위해 열심히 노력하면 된다. 물질적인 뭔가와 관련된 소원이라면 그것을 목표로 바꾸면 된다. 하지만 결국 소원이라는 건 '바랄 소(所)'라는 글자와 '원할 원(願)'이라는 글자가 모여 만들어진 단어 그대로다. 내가 정말 바라고 원하는 일. 사소하지만 결코 사소하지 않은 것이라는 걸 깨닫고 나니 마음이 묵직해졌다.

머릿속이 엉클어진 실타래처럼 꼬리에 꼬리를 무는 생각들로 가득 찼다. 그러다가 에이 모르겠다 하며 생각을 접어둔다. 그리고 마음속으로 소원을 빈다.

"사랑하는 우리 가족들이 아프지 말고 건강하게 잘 살면서 행복하게 해주세요."

사계절의 소원

새싹이 푸릇푸릇 올라오고
봄바람이 살랑살랑 불어오면
지긋이 눈을 감고
봄을 담은 따뜻한 당신의 마음을
닮게 해달라고 빌어본다

까만 밤하늘 한가득 담긴 별들이
예쁜 색을 띠며 바다에 비춰지면
아이처럼 해맑은 미소를 띠는
예쁜 웃음을 달라고 빌어본다

낙엽이 하나둘씩 떨어져 길거리를
장식하는 가을에는

내 삶을 빨갛게 노랗게 예쁘게
물들일 수 있기를 빌어본다

그리고 눈이 소복하게 쌓인 그날을
행복하게 즐기던 어린아이의
순수했던 그 마음을 오랫동안 간직하며
살아갈 수 있기를 바래본다

절대 무너지지 말자

사무실의 아침은 늘 같은 리듬으로 시작되었다. 커피 머신에서 천천히 퍼져 나오는 진한 커피 향이 부드럽게 공간을 감싸고, 키보드에서 흩어지는 타이핑 소리는 잔잔한 배경음악처럼 사무실을 감미롭게 채웠다. 피로가 묻어나는 동료들의 얼굴에는 날이 갈수록 깊어지는 작은 주름이 자리 잡았고, 간혹 누군가 내쉬는 짧은 한숨은 그들의 어깨에 내려앉은 일상의 무게를 조용히 속삭이는 듯했다. 이렇게 반복되는 일상 속에서, 서연에게는 남몰래 간직한 소중한 아침 의식이 있었다. 그것은 그녀의 하루를 지탱해 주는 강력한 원동력이자, 일상 속에서 흔들리지 않게 해주는 마음의 닻이었다.

서연의 가방 속에는 언제나 조용히 자리하고 있는 다이어리가 있었다. 다이어리를 꺼내는 그 순간이 바로 그녀의 하루가 시작되는 신호였다. 이미 손때가 묻어 부드럽게 닳아버린 표지를 손에 감싸 쥘 때마다, 서연은 그 다이어리와 함께했던 시간들이 고요히 떠올랐다. 다이어리 속에는 그녀의 마음을 담아 적어 내려간 빼곡한 글자들이 있었다. 그 글자들은 서연의 다짐과 의지, 그리고 작은 희망들이 켜켜이 쌓인 소중한 기록이었다.

매일 아침, 컴퓨터가 느릿하게 깨어나는 동안 서연은 조용히 다이어리를 펼쳤다. 그날의 다짐을 적는 이 순간은 하루의 고요 속에서 가장 소중하고 의미 있는 의식이었다. "오늘 하루, 절대 무너지지 말자." 이 짧은 한 줄의 문장은 단순한 글이 아니었다. 그것은 서연이 마주할 수많은 어려움 앞에서 스스로와 나눈 약속이자, 그녀의 마음속 깊이 새겨진 의지의 결정체였다. 서연은 매일 이 다짐을 반복하며 자신을 다독였고, 그렇게 하루를 시작했다.

새로 부임한 PM, 이강준은 마치 처음부터 서연을 겨냥한 듯했다. 그의 눈빛에는 어딘가 모를 불안감이 서려 있었고, 말투에는 미묘한 적대감이 감돌았다. 실무에도, 관리에도 미숙했던 그는 자신의 부족함을 감추기 위해 서연을 서서히 깎아내리기 시작했다. 마치 자신의 무능함이 드러날까 두려워하는 사람처럼, 서연이 하는 일마다 강박증이라는 꼬리표를 붙이며 트집을 잡곤 했다. 회의 중 자신의 실수가 드러날 때마다 서연에게 책임을 떠넘기며 그녀를 당황하게 했고, 깎아내리면서도 은근히 피드백을 요구하는 그의 태도는 마치 서연의 인내심을 조용히 시험하는 듯했다. 하지만 그런 순간마다, 서연은 아침에 다이어리에 적어두었던 다짐을 되새기며 스스로를 다잡았다.

처음에는 이강준의 행동들이 서연의 마음을 깊이

괴롭혔다. 매일 아침 사무실로 향하는 길은 끝없는 고통의 여정처럼 느껴졌다. 이강준의 날카로운 눈초리와 비난의 말들이 서연의 어깨를 무겁게 짓눌렀고, 그로 인해 서연의 마음속에는 점점 더 큰 압박감이 자리 잡기 시작했다. 그러던 어느 날, 서연은 이강준으로 인한 괴로움 속에서 스스로 무너지는 것을 막기 위해 다이어리를 펼쳤다. 그녀는 시간이 흐를수록 자신이 무너질까 두려워, 하루를 더 작은 조각들로 쪼개어 다짐을 적기 시작했다. "이 시간 동안은 절대 무너지지 말자." 서연은 이 짧은 글을 통해 매 순간 자신을 다잡으려 애썼다.

하지만 마음이 산란해져 집중이 어려울 때면, 서연은 다이어리 속에 조용히 자신을 되돌아보는 반성의 글을 적어 내려갔다. 시간이 흐르면서 서연의 마음속에 조금씩 여유가 자리 잡기 시작했고, 이제는 시간 단위로 다짐을 쪼개지 않아도 하루에 한 줄의 글만으로 충분히 버틸 수 있었다. 그렇게 다

상상 속 피어 난 소원

짐과 반성의 글을 번갈아 써 내려가면서, 서연은 잃어버렸던 마음의 평정을 천천히 되찾아갔다. 다이어리 속 "오늘 하루, 절대 무너지지 말자"라는 다짐은 처음에는 단순한 시도에 불과했지만, 시간이 흐르면서 서연에게 없어서는 안 될 든든한 방패가 되었다.

이강준의 행동에는 분명한 의도가 숨어 있었다. 그는 자신의 무능함이 드러날까 두려워, 서연을 정신적으로 압박하고 흔들리게 하려 했다. 서연이 무너지는 모습을 통해 자신의 권위와 위치를 더 단단히 하려는 것이 그의 목적이었다. 서연이 실수하거나 압박 속에서 흔들리기라도 한다면, 그는 그 틈을 노려 서연을 비난하고 책임을 전가할 수 있을 것이라고 믿었다. 더 나아가, 서연이 지쳐서 결국 굴복하거나 포기하게 만드는 것, 그것이 그의 속내였다. 하지만 서연은 이강준의 얕은 술수를 꿰뚫어 보았다. 그녀는 그의 게임에 휘말리지 않겠다고 굳게

결심했다. 비록 서연의 심장은 폭풍 같은 감정으로 요동쳤지만, 겉으로는 철저히 무표정을 유지하며 자신의 감정을 단단히 감추었다.

이강준의 공격은 점점 더 노골적으로 변해갔다. 그는 서연 앞에서 짜증을 참지 못하고, 우울증 약을 꺼내 먹으며 자신이 얼마나 힘든지를 강조하는 연극 같은 모습을 보였다. 약을 손에 들 때마다 불쌍한 척하며 동료들의 동정을 구했고, 때로는 약으로 인한 기억상실을 핑계 삼아 자신의 실수를 변명하기도 했다. 서연은 그가 수십 번이나 책상에 엎드려 상처받은 척하는 모습을 목격했다. 그의 이러한 행동들은 마치 동료들의 마음에 죄책감을 심어주려는 얄팍한 술수처럼 보였다. 하지만 서연은 그의 얄은 술책을 꿰뚫어 보았고, 겉으로는 아무런 반응도 보이지 않았다. 그런 순간마다 서연은 다이어리에 적힌 다짐을 다시금 되새기며, 스스로를 다잡았다. '오늘도 무너지지 말자.' 그녀는 다짐 속에서 고요하게 마음을 다스렸다.

시간이 흐르면서, 서연은 이강준과의 대결이 피할 수 없는 운명이라는 것을 서서히 깨닫게 되었다. 매일 반복되는 그의 비난과 부당한 요구들은 서연을 점점 더 궁지로 몰아넣었고, 그 안에서 그녀는 더욱 단단한 의지를 다져야만 했다. 하루하루가 마치 고난의 연속처럼 느껴졌지만, 서연은 결코 포기하지 않았다. 다이어리 속에 적힌 다짐은 서연에게 있어서 그 어떤 것보다 강력한 무기로 변해갔다. 매일 아침, 서연은 이강준의 비난에 맞서기 위해 그 한 줄의 글을 적었고, 그 다짐은 서연의 마음 속 깊이 뿌리내리며 그녀를 지켜주었다.

이강준은 서연의 이러한 반응에 점점 더 초조해졌다. 이전 직장에서 그는 침묵 공격을 통해 동료를 퇴사하게 만든 적이 있었다. 상대방을 무시하고, 중요한 정보를 공유하지 않으며, 결국 스스로 무너지

게 만드는 그 방법은 그에게 승리를 안겨주었고, 이
번에도 그 방법이 통할 것이라고 믿었다. 서연이 그
의 비난과 괴롭힘에도 불구하고 흔들리지 않자, 이
강준은 마침내 침묵 공격을 시도하기로 결심했다.

이강준은 서연에게 다가가 자신 있게 말했다. "전
에 이런 방법으로 이긴 적이 있어. 상대가 결국 버
티지 못하고 퇴사했지." 그는 자신이 다시 승리할
것이라고 확신했다. 그의 침묵은 처음에는 서연의
마음을 날카롭게 찔렀지만, 시간이 흐르면서 그녀
는 그 침묵에 익숙해졌다.

서연이 그 침묵을 묵묵히 견디자, 이강준은 더욱
노골적인 방법을 동원하기 시작했다. 그는 서연을
투명 인간 취급하며, 업무에서 배제하려 했다. 중
요한 정보들을 공유하지 않고, 서연이 일을 제대로
할 수 없도록 방해했다. 하지만 그가 홀로 실무와
관리를 모두 감당하기에는 너무도 벅찬 업무였기

에, 서연은 그의 무능함이 곧 드러날 것을 직감했다. 서연이 할 수 있는 일은 오직 하나, 그저 묵묵히 버텨내는 것뿐이었다. 이강준이 스스로 자멸할 때까지.

그러나 이강준의 마지막 공격은 그동안의 모든 시도 중에서도 가장 비열하고 치졸했다. 서연이 그의 의도에 휘말리지 않고 다이어리를 통해 마음의 평정을 지켜내자, 그는 그녀를 더욱 깊은 곤경에 빠뜨릴 또 다른 방법을 모색했다. 자신의 일정 관리 실패로 프로젝트 오픈 기한이 한참 지나버린 상황을 마치 서연의 책임인 것처럼 꾸며내어, 그녀의 결혼식 당일을 마감 기한으로 정한 것이었다. 이강준의 무리한 요구는 상식의 범주를 벗어난 것이었고, 서연은 그가 자신을 완전히 무너뜨리려는 마지막 시도를 하고 있음을 직감했다.

결혼식 날을 마감일로 정한 이강준의 결정에 서연

은 처음엔 당황했지만, 곧 다이어리 속 다짐을 떠올리며 마음을 차분히 가다듬었다. '오늘은 힘들어하지 말자. 나는 나를 지킬 것이다.' 이강준이 설정한 그 무리한 마감일은 도저히 상식적이지 않았기에, 서연은 오직 자신이 할 수 있는 것에만 집중하기로 했다. 무엇보다 그의 교묘한 계략에 휘말리지 않겠다는 결심이 그녀의 마음을 더욱 단단하게 했다.

다이어리의 위클리 페이지는 서연의 다짐과 소원으로 가득 채워져 있었다. 날마다 그녀는 그 페이지에 자신의 마음을 담아 글을 적어 내려갔다. 매일 아침 다이어리를 펼칠 때마다, 서연은 마치 한 글자 한 글자가 자신을 보호해 주기를 바라는 간절한 마음으로 정성을 다해 글을 써 내려갔다. 그 글들은 단순한 기록이 아니었다. 그것은 그녀의 마음을 지켜주는 방패였고, 서연에게 힘을 불어넣어 주는 소중한 원천이었다.

다이어리의 페이지가 하나둘 채워질수록, 서연은 하루하루를 버텨낸 자신이 점점 더 자랑스러워졌다. 위클리 페이지는 그녀가 살아온 날들의 작은 흔적이자, 스스로에게 건네는 조용한 응원의 메시지로 가득했다. 그 페이지들은 서연이 견뎌온 시간과, 차곡차곡 쌓아온 성장을 담고 있었다. 서연은 매일 아침 이 작은 의식을 통해 마음을 다잡았고, 그 힘이 하루를 견뎌내는 든든한 버팀목이 되어 주었다.

그리고 하루가 저물 때마다 서연은 다이어리의 먼슬리 페이지로 다가가 조심스럽게 '참 잘했어요' 도장을 찍었다. 그 도장을 찍는 순간은 마치 하루를 잘 견뎌낸 자신에게 주는 작은 보상처럼 느껴졌다. 이 소박한 의식은 서연에게 하루를 마무리하는 소중한 시간이었고, 매일 아침 다짐을 적으며 그 도장을 찍을 순간을 고대하곤 했다. 도장을 찍으며 느끼는 작은 성취감은 서연을 지탱해 주는 또 하나의 힘이었다.

먼슬리 페이지는 서연이 찍은 도장들로 점점 채워져 갔고, 그 작은 도장 하나하나가 그녀가 이겨낸 하루를 상징하는 작은 승리의 표식이 되었다. 도장으로 가득 채워진 페이지를 마주할 때마다, 서연은 자신이 얼마나 잘 버텨왔는지를 깊이 실감할 수 있었다. 그 작은 도장들이 모여 만들어낸 페이지는 서연의 인내와 결단, 그리고 그녀의 강인함을 조용히 증명해 주는 소중한 증표였다.

시간이 흐르면서, 이강준의 행동은 회사 내에서도 점점 더 큰 문제로 떠올랐다. 프로젝트 진행 상황에 대한 그의 보고가 거짓으로 드러난 일이 여러 차례 반복되자, 결국 회사는 그에게 PM의 직책을 내려놓고 실무만 맡으라는 결정을 내렸다. 이제 그는 더 이상 PM으로서 부서를 이끌 자격이 없다고 판단되었고, 그 직책은 다른 팀의 리더에게 넘겨졌다. 이강준은 마침내 실무를 맡게 되었고, 그동안 자신이 부하 직원들에게 무리하게 요구했던 일들을 스스로 해결해야 하는 상황에 처하게 되었다.

서연은 부당한 상황 속에서도 묵묵히 실무를 해왔기에, 이제 이강준도 최소한 그녀가 해왔던 만큼의 일을 감당해야만 했다. 그러나 이강준은 자신의 무능함을 감추려는 듯, "내가 PM도 아닌데 왜 이걸 수습해야 하느냐"라며 말이 되지 않는 변명을 늘어놓고는 퇴사를 선언했다. 그의 퇴사 선언은 끝까지 책임을 회피하려는 마지막 시도였지만, 서연은 그 선택이 결국 그의 자멸을 의미한다는 것을 알고 있었다. 더 이상 도망칠 곳이 없었던 그는 자신의 한계를 인정하기보다는, 차라리 떠나기로 결심한 것이었다.

이강준이 퇴사할 때까지 서연과 이강준은 단 한 마디도 나누지 않았다. 이강준은 처음부터 끝까지 침묵을 지켰고, 그 침묵 속에서 서연은 오히려 편안함을 느끼기 시작했다. 몇 달이 그렇게 흘러가면서, 서연은 점점 이강준과 말조차 튼 적이 없는 낯선 사람처럼 느끼게 되었다. 그들은 같은 공간에 있었지만 서로 아는 사이가 아닌 듯, 그저 어색한 침묵만이 남아 있었다.

이강준이 퇴사하던 날, 서연은 사무실 한편에서 조용히 1년 동안 써 내려간 다이어리를 펼쳤다. 다이어리의 위클리 페이지는 그녀의 마음 다짐과 간절한 소원들로 촘촘히 채워져 있었고, 먼슬리 페이지는 서연의 인내와 성취를 상징하는 도장들로 빼곡히 들어차 있었다. 한 장 한 장 페이지를 넘기며, 서연은 그동안의 모든 순간들이 마치 한 편의 영화처럼 눈앞을 스쳐 지나가는 것을 느꼈다.

그 페이지들에는 서연의 모든 감정이 고스란히 담겨 있었다. 그녀는 한 장 한 장 천천히 넘기며, 그

상상 속 피어 난 소원

안에 담긴 순간들이 자신에게 얼마나 깊은 의미를 지니고 있는지를 다시금 깨달았다. 이 페이지들은 단순한 기록이 아니었다. 서연이 버텨낸 시간의 흔적이자, 이강준과 힘겨운 싸움에서 얻어낸 승리의 증표였다. 페이지마다 적힌 글자들과 찍혀 있는 도장들은 그녀의 강인함을 증명하는 작은 조각들이었고, 그 조각들이 모여 지금의 서연을 만들어냈다. 서연은 그 페이지들을 넘기며, 그 안에 담긴 경험들이 자신을 얼마나 단단하게 만들어 주었는지를 깊이 실감했다.

서연은 이 페이지들을 조심스럽게 책상 서랍의 한편에 소중히 보관해 두었다. 때때로 그녀는 그 페이지들을 꺼내어 넘기며 자신이 이겨낸 시간들을 다시금 떠올리곤 할 것이다. 이 페이지들은 단지 이강준과의 싸움에서 이겨낸 증거가 아니라, 서연이 자신과의 싸움에서도 승리했음을 증명하는 소중한 기록이었다. 이 기록들은 앞으로의 길을 걸어갈 서연에게 힘과 용기를 불어넣어 줄 것이다.

새로운 시작을 위해, 서연은 깨끗한 새 페이지를 다이어리 안에 조심스럽게 끼워 넣었다. 그녀는 첫 페이지를 펼치고 펜을 들어 새로운 다짐을 적어 내려갔다. 글을 쓰는 동안 서연의 얼굴에는 자연스러운 미소가 번졌다.

"나는 할 수 있다. 나는 나 자신을 지킬 것이다."

짧은 문장이었지만, 그 안에는 서연이 걸어온 길과 앞으로 나아갈 길에 대한 확신이 가득 담겨 있었다. 이제 서연은 진정으로 새로운 시작을 맞이할 준비가 되었다. 이 다짐은 앞으로도 변함없이, 그녀의 흔들리지 않는 의지를 상징하는 등불이 되어줄 것이다.

유일한 하늘

무엇을 바라고 있는지도 모르는 새 이만큼 자라 버렸다. 맹목적으로 행복해지기만을 좇는 시절을 지나고 있는 것만 같다. 행복해지는 것이 쟁취하고픈 목표이자 간절히 바라던 소망이었는데 도리어 행복을 좇는 과정은 불행했다. 행복을 명목으로 한 삶 속의 수많은 과제도, 만들어낸 드문 인간관계도, 반쯤 억지로 웃는 행위에도 진절머리가 났다. 꿈은 문득문득 짐이 됐고 희망이나 기적 같은 건 다른 세계의 것으로만 보였다. 사실 지금도 그 절망의 틈에서 벗어나지는 못했다.

하지만 짐을 끌어안고 어둠 속에서 끙끙 앓고 있던 나에게 희망이나 기적 따위를 닮은 무언가가 찾아온 적은 수없이 많았다. 눈물조차 나지 않을 때 울

수 있게 만들어 준 노래가 그랬고, 무료함 대신 기다리는 설렘을 알게 해준 이야기가 그랬고, 적어도 살아있기 때문에 할 수 있는 무언가가 있음을 일깨워 준, 나를 지나친 수많은 사랑들이 그랬다. 누군가는 비웃을지 모르지만, 그로 인해 힘을 얻은 나는 살아가는 모든 순간이 그들을 향한 사랑이었다. 세상에 단 하나뿐인, 나를 울리던 노래와 나를 살게 만들던 이야기가.

그리고 그런 식으로, 마침내 나의 우울에서 도달한 결론이 어떻게든 살아내자는 것이었을 때 비로소 나는 깨닫게 되었다. 내게 필요하던 것이 무작정 밤을 몰아내 줄 태양이 아니라 어두워도 올려다보면 언제든 하늘에 수놓아져 있을 별이라는 것. 거창하고 엄청난 무언가가 아니라 어두워도 내가 있으니 괜찮아, 하고 말 걸어주는 달이라는 것. 반 틈 정도일지라도 비스듬히 기대 안길 수 있는 품이 필요했다는 걸 조금 늦게서야 알았다.

그때 뒤늦은 깨달음과 함께 빌었던 소원은 영영 행

복하지 못하더라도 좋으니 내 것을 아껴서라도 나를 살게 만들어준 나의 하늘에게 그 행복을 건네고 싶다는 것이었다. 어쨌든 아주 행복만 하고 살 수는 없을 테니 내 총량을 깎아 먹을지라도 그들에게 몫을 주고 싶었다. 그렇게 해서, 나의 불행에 잠시나마 머물다 갈 사랑들이 앞으로도 존재해 주기만 한다면 앞으로의 어둠이나 절망들도 두렵지 않으리라고 생각한다. 웃으면서만 살 수는 없지만 가끔 울더라도 올려다본 하늘에 함께 존재해 줄 소중한 인연들이 있다면. 오래도록 그 사람들과 함께하고 싶다는 것이 지금의, 앞으로의 내 소원이다. 한 가지 더 바라보자면 내가 얻은 힘으로 살아가서, 다른 이들에게도 이런 힘을 돌려주고 싶다. 당신의 어둠에 온 마음으로 공감하는 사람이 있고, 그 사람 역시 아주 어두운 심해까지 잠수해 본 적이 있다고 말이다.

측백나무

오늘에 달라붙지 않기
내려놓고 멀리 자는 연습

끈적하게 녹은 마음을 얼려서
내년 이맘때쯤에 꺼내보면
단단한 모양새가 되어 있을까

최악의 상황이 지나갔으면 좋겠어
길 위를 다니는 상처가 전부 아물고
구름 사이로 쏟아지는 폭포 빛을 맞으면

선한 위로에 세상이 흠뻑 젖게 되는 날
마침내 서로의 심장에 손을 대고 웃을 수 있을까

측백나무의 꽃말이 기도인 것을 아니
별 같은 꽃들이 수놓인 잎을 어루만지며
널 향한 소원이 이루어지길 바랐던 날들이 이어져

무르고 여린 울음은 저 하늘에 던져보자
두 눈 감고, 있는 그대로의 모습으로
작지만 반짝이는 존재인 것을 알게 해달라고

그때 비로소 느껴지는 사랑이 있어

우리는 아무것도 알 수 없지만
모든 것의 시작을 일깨워 주고
마른 가지 같은 몸을 덮어주는
그런 손길이 있어

이제 눈을 뜨고
달라진 세상을 봐
넌, 어떤 게 보여?

나의 어여쁜 나무

너를 보면 자꾸 앞니를 깨물게 된다. 자세히 보아야 예쁘고 오래 보아야 사랑스럽다는 시가 생각난다. 풀꽃 같은 사람이라기에는 꽤 묵직하고 억센 느낌이 있어서 풀꽃 같은 나무가 떠오른다. 그 나무는 길거리 나무처럼 평범하면서도 자세히, 오래 볼수록 진가를 알 수 있는 나무다. 그래. 앞으로 너 같이 담백한 나무는 볼 수 없을 거야.

#정원

동이 트고도 한참 지나도록 꿈결을 헤맸다. 불면의 업보로 쌓인 피로를 달래며 가을 잠에 무르녹는 순간이었다. 오랜 기다림 끝에 사랑을 시작한 연인들처럼, 분량이 많고 무거웠던 여름을 가볍게 지워냈

다. 성인이 되고 집을 꾸릴 수 있는 여건을 얻자 온
갖 눈에 좋아 보이는 것을 앞마당에 채워 넣었다.
정원을 가꾸는 능숙함도, 조언자도 없던 나의 입술
은 여름이 다가올수록 힘겹게 말라갔고 마당의 빽
빽한 식물들도 같이 뜨겁게 갈라졌다. 보기만 해도
숨막히는 마당을 견딜 수가 없어서 메마른 잎들을
거침없이 쳐내고 뿌리마저 뽑아냈다. 여름의 끝에
삭막해진 마당을 보면서 배웠다. 정원을 꾸리는 것
은 무척이나 예민하고 거룩한 작업이어서 취향이
나 나만의 계획으로 완성되지 않고, 그래서도 안된
다는 것이다. 내가 겪는 고난은 각각의 제철을 고
려하지 않고 욕심대로 뿌리고 거두어 버린 결과였
다. 나는 정원을 가꾸기에 더 철든 어른이 되어야
했고 그 철에 맞는 생물을 만나야 했다.
종아리의 수축-이완을 오가며 정성으로 달랜 수면
은 한순간에 달아났다. 흰 배경에 검은 글씨인지, 검
은 배경에 흰 글씨인지도 모를 강렬한 화면이 꿈을
덮었다. 익숙한 얼굴도, 흐릿한 형상도 아닌 그저 이

름 세 글자가 떠올랐다. 정든 꿈을 뒤로하고 덜 깬 눈으로 카카오톡 친구 창에 이름을 검색했다.

-아.

허무했다. 간밤에 단밤 같은 꿈이 그립고 아쉬울 정도였다. 그는 2주 전에 중학교 은사님을 통해 소개받은 독서 모임의 리더였다. 나는 그와 단체 대화방에서 어색하게 인사를 나누었지만 이름조차 기억하지 못했다. 낯선 그의 프로필을 유심히 보다가 동그란 액자의 사진을 눌렀다. 연분홍 셔츠를 입고 음료를 마시는 사진, 어린 왕자 동상과 함께 찍은 사진, 군대 휴가 나와서 찍은 것으로 추정되는 사진까지. 서너 개쯤 넘기며 보니 대충 그가 어떤 느낌인지 예상이 갔다. 나는 가족들이 먹다 남긴 반찬을 집어 먹으며 모르는 이름이 어떻게 꿈에 나온 건지, 애초에 꿈을 꾼 게 맞는지, 환상을 본 것은 아닌지 등 한참 공론을 벌이다 그만두었다. 그

날 밤 침대에 눕기 전, 일기장에 그의 이름 세 글자
를 적었다. 일기가 짧아진 것 외에 달라진 것은 없
었다. 단톡방에 알림이 뜰 때, 전보다는 조금 더 신
경 쓰였지만.

#보늬 밤
낙엽조차 머물지 않는 심심한 마당을 채우는 것은
밤껍질 벗기는 소리였다. 베이킹 소다를 붓고 물에
버무려 반나절 동안 기다리면 겉껍질이 기꺼이 떨
어진다. 물러진 표면은 속껍질을 믿고 조금의 미련
도 없이 물러나 보늬 밤을 완성한다. 식탁에 앉아
밤을 까면서 내면의 언성에 잠겼다. 나를 너무 몰
랐던 무지와 어리석음 그리고 패기 어린 건방짐까
지. 밤을 감도는 소음의 껍질도 하나둘씩 벗겨갔다.
순순히 떼어지지 않는 껍질은 그대로 두었다. 언젠
가 때가 되면 알아서 누그러질 것이라는 기대였다.
겉껍질을 잃고 추워하는 보늬 밤에게 온기를 더해
몇 번이고 조렸다. 설탕물이 배어들어 눅진해진 밤

조림을 유리병 바닥에 차곡차곡 쌓았다. 약소한 선물을 받아줄 친구를 위해 날짜도 적었다. 뿌듯함으로 사진을 찍는데 진동이 울렸다.

-안녕하세요, 구름님! 저는 bamboo 독서 모임의 리더를 맡고 있는 나무입니다. 어느덧 한 주의 중간인 수요일이 지나가고 있는데, 잘 지내고 계시나요?

한순간에 부엌이 아늑해졌다. 꿈에 이어 이번엔 소음까지 깨버린 그가 은근히 반가웠다.

-이번 기수의 주제는 '음악'입니다. 좋아하시는 노래를 알려주시면 곡 분위기와 어울리는 책을 함께 나누어 보려고 해요! 미리 알려주시면 감사하겠습니다. 많은 참여 기다리겠습니다.

'독서 모임의 사람이 꽤 많은데 일일이 이름을 넣은 건가? 꽤 시간이 걸렸겠네.' 따위의 생각을 하며 바쁜 마음을 뒤로하고 답장을 시도했다.

-네! 반갑습니다. 처음 인사드리는 것 같네요. 저는 잘 지내고 있습니다.

유리병을 식탁 끝에 밀어놓고 답장할 곡을 잠시 생각했다. 더운 여름이었다면 어쿠스틱 콜라보의 <묘해, 너와>가 좋을까 싶었다. 문득, 밤 조림과 어울리는 꽃갈피 앨범이 생각났다.

-가수 아이유의 리메이크곡인 <너의 의미>와 <나의 옛날이야기>를 추천합니다. 잠잠한 가을에 어울리는 곡 같아서요. 좋은 밤 되세요.

끝에 구름 이모티콘을 덧붙여 어색함을 지웠다. 전송 버튼을 누르고 가시지 않는 깊은숨을 쉬었다. 병에 담았던 밤을 하나 꺼내 꿀꺽 삼켰다. 부드럽게 꿀떡꿀떡 넘어가는 가을밤. 설설 끓는 계피 물에 밤을 조리듯이 뜬구름에 푹 잠기기를 자처했다.
무르익는 보늬 밤과 함께.

#점등식

간만에 나선 거리는 추웠다. 한숨에 내린 서리가
식도를 타고 직장까지 내려간 듯 배가 싸하게 아팠
다. 거리에 포장마차도 생겼고, 분식집 앞에 서서
긴 입김을 내며 어묵 국물을 마시는 이들도 보였
다. 당곡역에서 횡단보도를 건너자, Bamboo 포스
터가 보였다. 얼은 손잡이를 손끝으로 밀다가 안에
서 나오는 남자와 부딪혀 종소리가 요란하게 울렸
다. 놀란 눈으로 나를 보던 그 남자는 내가 예상한
사람이 맞았다. 문자보다 더 어색한 인사를 나누고
자리를 안내받았다. 아직 도착한 사람이 둘뿐이었
고 그는 나보다 더 잔잔한 사람이었다. 고요의 적
막을 깨고 그에게 질문했다.

"궁금한 게 있어요."

"어? 뭔가요?"

"모임 이름이 왜 대나무예요?"

그는 맑은 웃음을 띠다가 정색하며 대답했다.

"아. 원래는 밤에 하는 독서 모임이라, 밤과 책이라
는 단어를 넣어서 <밤길 산책>으로 지었었어요. 근
데 부원 중 한 분이 Bam에 하는 book 모임이니까
bamboo로 하자고 의견을 내셨어요. Book의 k가
빠져서 약간 어설프지만 대체로 반응이 나쁘지 않
아서 대나무 모임이 되었죠. 그래서 부원들을 판다
라고 불러요."

사진으로만 보다가 움직이고 말하는 그를 처음 보
았다. 면도하지 않은 모습이 자연스러웠고, 목소리
는 조금 의외였다. 감기에 걸린 건지 목에 손수건
을 감싼 모습이 아기 같아서 귀여웠다. 말할 때마
다 수줍어하면서도 간간이 보이는 신중함이 좋았

다. 그는 꽃갈피 앨범 트랙에서 <여름밤의 꿈>을 가장 좋아한다고 말했다. 내가 추천한 곡에 어울리는 책도 다섯 권이나 준비 해 왔다. 물 한 모금 안 마시고도 좋아하는 책에 대해 두 시간씩 말하는 그의 열정에 성숙함이 보였다. 그와 함께 웃고 있자면 제철은 아니지만 물렁물렁한 복숭아가 생각났다. 복숭아 꼭지를 가로지르는 굴곡처럼, 무른 그의 미소에 나의 웃음도 함께 포개었다. 어떻게 그렇게 매끄럽게 대화를 이끌어 가는지. 솔직히 말하면 어디로 튈지 모르는 대화가 오히려 편안하고 재밌었다. 타인뿐만 아니라 자기 자신과도 잘 지내는 사람. 나와는 달랐다.

연말이 다가오면서 bamboo의 열기는 더욱 돈독해졌다. 성탄절 당일과 독서 모임 날짜가 겹쳤지만 연말 기념으로 다 같이 사진을 찍으러 가기로 했다. 그와 함께 한 장면에 담길 수 있다는 사실에 기뻤다. 나무 사이를 줄지은 노란 전구를 아래에서 그의 눈을 감상했다. 속 쌍꺼풀과 겉 쌍꺼풀이 잘

상상 속 피어 난 소원

어우러진 동그란 눈을 보고 있으면 나는 그가 더 사랑스러워 보였다. 은은한 빛 속에서 나와 그의 어떠함이 함께 사그라지고 우리는 마침내 조화를 이룰 수 있을 것 같았다. 집으로 돌아오는 지하철 안에서 한 컷에 담긴 우리를 보았다. 팔짱을 끼고 귀여운 포즈를 취한 그의 뒤에 작은 하트를 그리는 내가 있었다. 누군가 찍은 사진의 초점이 그와 나로만 맞추어져 있어서 어쩌면 운명이 아닐지 잠깐 기대하기도 했다.

나는 겨울 내내 열심히 모임을 나갔다. 방금 찐 모락모락 김 나는 옥수수를 한 봉지 들고 가기도 하고, 연장을 챙겨 와서 높이가 안 맞는 의자를 손보기도 했다. 그와 내 집 방향은 달랐지만, 지하철역까지 함께 걸어가는 동안 서로를 알아갈 수 있었다. 한번은 겨울을 이겨내기 위해 먹어줘야 한다는 명분으로 귤 청을 만들었다. 그에게 넌지시 건네주는데 뭔가 순간의 공기가 달랐다. 둘만 알 수 있었다. 뭐라고 표현할 수 없는, 음- 분명한 건 나는 그의 눈을 아주 또렷하게 보았고 그는 말끝을 흐리며 테이블만 봤다. 동그랗게 커진 그의 눈을 보면서 내년에는 무엇을 담글지 고민 중이니 좋아하는 과일이 있다면 알려 달라고 했다. 그는 늘 앉는 테이블의 끝자리에서 섬섬옥수같이 길고 큼직한 손으로 책의 모서리를 더듬었다. 넘길 듯 말 듯. 마치 넘어갈 듯 말 듯한 우리의 관계가 종이 한 장에 달린 것처럼 서글퍼졌다.

#화원

그에게 선물을 건넨 순간부터 우리의 눈치 게임이 시작되었다. 관계에 열을 올린 뒤로, 장난처럼 그는 꿈을 위한 시험을 준비하기 시작했다. 모임을 탈퇴하지는 않았지만, 얼굴 보는 것이 더 귀해졌다. 나는 줄곧 응원하면서도, 그가 두려움에 압도되어 시들어갈 때면 내가 해줄 수 있는 것이 아무것도 없다는 사실에 괴로워했다. 불안한 내가 움츠린 남자를 사랑하는 것은 참 어려웠다. 내가 그를 위해 할 수 있는 선택은, 일반적으로 자신을 내려놓아야 할 수 있는 방안이었다. 나를 보내지도, 끌어안지도 않는 그를 이해하기 어려운 날도 있었다. 때로는 그에게 발버둥을 치고 절벽 끝까지 몰아가기도 했다. 완벽하지 않은 두 남녀가 서로 함입되어 하나의 덩어리를 이루기엔 2인 이상의 힘이 필요하다. 적어도 내가 먼저 준비된 사람이어야 그를 품을 수 있는 것이다.

나는 그가 어려울 때면 대나무를 떠올린다. 대나무는 나무가 아니라 풀에 속한다는 것을 아는가? 풀 같은 나무, 나무 같은 풀. 두 가지 다 그와 어울린다. 나무처럼 단단한 줄 알았는데 그는 내가 안겨야 할 대상이 아니라 품어야 할 대상이었다. 때로는 그가 나무라면 나는 그의 곁을 장식하는 귀여운 꽃이 되어 함께 단란한 정원을 완성하고 싶다는 상상, 아니 소원을 그린다. 꽃의 그늘이 너무나 좁아서 그가 쉴 수 없다면, 나는 바람이 되어 그를 시원하게 할 것이다. 그를 정성으로 돌보는 여정에 나는 언제든지 탑승할 준비가 되어있다. 한 사람 품기에 적당한 그의 그늘에 누워 한때 아팠을 나이테 이야기를 들어줄 자신이 있다. 고난의 연륜, 숙련, 세월 그리고 견뎌온 시간까지.

그를 사랑하는 네 번째 겨울을 기다리는 나는 여전히 그가 궁금하다. 이 글을 읽을 수 있다면 그는 어떤 표정을 지을지. 독자가 된 그에게 내가 어떤 의미인지는 더더욱 궁금하다. 그가 조금이라도 토라진 어깨를 보여줄 때면 나는 자꾸 서글퍼진다. 나의 공허한 마당이 당신으로 인해 정원이 되었고, 우리가 함께 노래하고 읊은 터는 화원이 될 수 있다는 것을 알려주고 싶다. 나는 아직도 내가 철이 들기를 기다린다. 그리고 차오른 그 철과 꼭 들어맞는 제철이 당신의 시간이길 바란다. 겨울이 지나면 봄이 오듯, 살을 에는 추위를 버티고 나무처럼 우뚝 피어오른 당신과 내가 비로소 모든 것을 이기는 사랑을 할 수 있기를, 다시 눈이 와도 우린 서로 껴안은 채로 더 애틋한 눈물과 함께 봄을 맞이하기를. 나는 오늘도 화원이 될 정원에 기도를 심는다.

상상 속 피어 난 소원

소원의 밤

깜깜한 하늘에 별들이 가득하고
그 수많은 별 중에 외로이
쏟아지고 흩어져

누군가의 소원을 위한 별 하나의
작은 속삭임
누군가의 간절한 기도로
하염없이 눈물로 맞이한다.

하루의 끝에 쏟아지는 별 하나가
희망이 되고 소망이 되기 위해
저 밤하늘 친구 곁을 떠나
내려온다.

포레스트 웨일 공동 작가

상상 속 피어 난 소원

전자책 발행 2024년 9월 2일

지은이	김채림(수풀) ┃ 젤라 ┃ 꿈꾸는 쟁이 ┃ 숨이톡 ┃ 김원민 ┃ 승하
	송해성(아도니스송) ┃ 한라노 ┃ 호용 ┃ 김준 ┃ 커피씨 ┃ 이지구
	이상현 ┃ 한민진 ┃ 미소 ┃ 박선영 ┃ 여로 ┃ 안세진 ┃ 새벽(Dawn)
	루다연 ┃ 최이서 ┃ 김유리 ┃ 김소영(반애) ┃ 명소민 ┃ 현 ┃ 연우
	박주은 ┃ 사랑의 빛 ┃ 신디 ┃ 하진용(글쟁) ┃ 배우나(네모)
	정은아 ┃ 여운yeoun

디자인	포레스트 웨일
펴낸이	포레스트 웨일
펴낸곳	포레스트 웨일
출판등록	제2021 - 000014 호
주소	충남 아산시 아산로 103-17
전자우편	forestwhalepublish@naver.com

전자책	979-11-93963-40-1

작가님들과 함께 성장하는 출판사
포레스트 웨일입니다.
작가님들의 소중한 원고를 받고 있습니다.
forestwhalepublish@naver.com